CORAÇÃO DAS TREVAS

JOSEPH CONRAD

CORAÇÃO DAS TREVAS

Tradução
Sergio Flaksman

Posfácio
Luiz Felipe de Alencastro

9ª reimpressão

COMPANHIA DE BOLSO

Grafia atualizada segundo o Acordo Ortográfico da Língua Portuguesa de 1990, que entrou em vigor no Brasil em 2009.

Título original
Heart of darkness

Capa
Jeff Fisher

Revisão
Flávia Yacubian
Renato Potenza Rodrigues
Diana Passy

Dados Internacionais de Catalogação na Publicação (CIP)
(Câmara Brasileira do Livro, SP, Brasil)

Conrad, Joseph, 1857-1924.
Coração das trevas / Joseph Conrad ; tradução Sergio Flaksman. — 1ª ed. — São Paulo : Companhia das Letras, 2008.

Título original: Heart of darkness.
ISBN 978-85-359-1250-0

1. Ficção inglesa I. Título.

08-04407 CDD-823

Índice para catálogo sistemático:
1. Ficção : Literatura inglesa 823

EDITORA SCHWARCZ S.A.
Rua Bandeira Paulista, 702, cj. 32
04532-002 — São Paulo — SP
Telefone: (11) 3707-3500
www.companhiadasletras.com.br
www.blogdacompanhia.com.br

SUMÁRIO

CORAÇÃO
DAS TREVAS

1

A *Nellie*, uma iole de cruzeiro, alinhou-se com a âncora sem que as suas velas batessem ao vento, e aquietou-se. A enchente da maré estava em andamento, o vento quase se acalmara e, como rumávamos rio abaixo, só nos restava ficar ali parados e esperar a mudança da maré.

O estuário do Tâmisa estendia-se diante de nós como o início de uma via aquática interminável. No horizonte, o mar e o céu fundiam-se sem solda aparente, e no espaço luminoso as velas acastanhadas das barcaças que subiam o rio impelidas pela maré pareciam imobilizadas, formando aglomerados de lona vermelha com muitas pontas a revelar vislumbres de espichas cobertas de verniz. Um nevoeiro alastrava-se sobre as terras baixas que corriam para o mar, numa planura que ia desaparecendo. O ar estava escuro acima de Gravesend, e mais ao longe ainda parecia condensar-se em sombras funestas que pairavam imóveis sobre a maior, e mais vasta, cidade da Terra.

O Diretor das Companhias, que nos convidara, era o nosso Comandante. Nós quatro fitávamos com afeto as suas costas enquanto ele se postava na proa, olhando na direção do alto-mar. Nada, em todo o rio, exibia nem de longe aparência tão náutica. Lembrava um desses pilotos que, para o homem do mar, são a confiança personificada. Era difícil convencer-se de que o seu trabalho não era ali no estuário luminoso, mas debaixo daquelas sombras pesadas que pairavam atrás dele.

Entre nós havia, como eu já disse em algum momento, o laço do mar. Além de manter os nossos corações unidos apesar de extensos períodos de separação, ele tinha o efeito de nos tornar tolerantes às longas histórias — e mesmo às convicções — uns dos outros. O Advogado — o melhor dos velhos camaradas

— ocupava, em razão dos seus muitos anos de idade e das suas muitas virtudes, a única almofada do convés e se estendia no único tapete. O Contador já pegara uma caixa de dominós, e brincava arquitetonicamente com as peças do jogo. Marlow sentara-se com as pernas cruzadas bem na popa, encostado no mastro da mezena. Tinha as faces cavadas, a tez amarela, as costas eretas, um aspecto ascético e, com os braços caídos, as palmas das mãos para fora, lembrava um ídolo. O Diretor, convencido de que a âncora estava bem agarrada, veio para trás e se instalou sentado junto a nós. Trocamos algumas palavras preguiçosas. Depois, fez-se o silêncio a bordo do iate. Por um ou outro motivo não começamos aquela partida de dominó. Sentíamo-nos meditativos, e dispostos apenas a uma plácida contemplação. O dia se encerrava na serenidade de um fulgor tranquilo e fora do comum. A água cintilava em paz; o céu sem nuvens era uma imensidão benévola de pura luz; até a cerração que cobria os charcos de Essex parecia uma gaze levíssima e radiosa, pendendo das elevações arborizadas do interior e desenrolando-se sobre as baixadas costeiras com as suas dobras diáfanas. Só as sombras a oeste, pairando nas mais altas esferas, escureciam a cada minuto, como que irritadas pela aproximação do sol.

E finalmente, na sua queda curva e imperceptível, o sol mergulhou ainda mais e, de um branco brilhante, mudou para um vermelho baço sem raios nem calor, como que prestes a apagar-se de um momento para outro, ferido de morte pelo contato com aquelas sombras que pairavam sobre um aglomerado de homens.

Em seguida, houve uma mudança nas águas, e a serenidade ficou menos brilhante porém mais profunda. O velho rio em seu vasto estuário descansava imóvel ao declinar do dia, depois de eras de bons serviços prestados à raça que povoava as suas margens, desdobrado na dignidade tranquila de uma via aquática que levava aos mais distantes rincões da Terra. Contemplávamos as suas águas veneráveis não ao clarão temporário de um dia breve que vem e passa para sempre, mas à luz augusta de memórias perenes. E de fato nada é mais fácil para um homem que tenha, como se diz, "atendido ao chamado do mar" com reverência e carinho do que evocar o grande espírito do passado nas partes mais baixas do Tâmisa. O fluxo da maré corre de um lado para o outro em seu trabalho incessante carregado das memórias de homens e navios que conduziu ao descanso do lar ou às refregas do oceano. Conheceu e serviu todos os homens de que a nação se orgulha, de sir Francis Drake* a sir John Franklin, todos cavaleiros do reino, contemplados ou não com títulos de nobreza — os grandes cavaleiros errantes do mar. Transportou todos os navios cujos nomes refulgem como joias na noite dos tempos, desde o *Golden Hind*, retornando com seus flancos arredondados repletos de tesouros, para ser visitado por Sua Majestade, a Rainha, e assim deixar a lenda, até *Erebus* e *Terror*, empenhados noutras conquistas — e que jamais regressaram. Conheceu os navios e os homens. Zarpavam dos portos de Deptford, de Greenwich, de Erith — os aventureiros e os colonos; os navios do rei e os navios dos homens de negócios; capitães, almirantes, os obscuros "desautorizados" do comércio do Levante e os "generais" comissionados das frotas da Índia Oriental. À caça do ouro ou perseguindo a fama, todos partiram por aquelas águas, levando a espada e muitas vezes a tocha, mensageiros do poder daquela terra, portadores de uma centelha colhida no fogo sagrado. Qual grandeza não tinha singrado a vazante daquele rio rumo aos mistérios de uma terra desconhecida?... Os sonhos dos homens, a semente de comunidades de nações, os germes de impérios.

O sol se pôs; o crepúsculo caiu sobre as águas, e luzes começaram a despontar ao longo da costa. O farol de Chapman, uma construção sobre três pernas cravadas na areia deixada a descoberto pela maré baixa, brilhou com força. Luzes de navios des-

* Francis Drake foi o primeiro inglês a circunavegar o globo (1577-88), comandando o *Golden Hind*, e recebeu o título de cavaleiro da rainha Elisabete I; John Franklin conduziu uma expedição malograda (1845-8) à procura da Passagem do Noroeste no comando dos navios *Erebus* e *Terror*, que ficaram presos nos gelos do Ártico. (N. T.)

locavam-se pelo canal de entrada — um grande movimento de luzes que se agitavam para um lado e para o outro. E a oeste, mais acima no curso do rio, o ponto onde ficava a cidade monstruosa ainda estava assinalado por aquela mancha aziaga no céu, uma sombra escura que pairava à luz do sol, um fulgor lúgubre debaixo das estrelas.

"Aqui também", disse Marlow de repente, "foi um dos lugares tenebrosos da Terra."

Ele era o único entre nós que ainda "atendia ao chamado do mar". E o pior que dele se podia dizer era que não se tratava de um bom representante da sua classe. Era um homem do mar, mas um homem errante também, enquanto a maioria dos homens do mar, se é que se pode dizer assim, leva uma vida sedentária. Têm um espírito caseiro e carregam sempre com eles o seu lar — o navio — bem como o seu país — o mar. Todos os navios são muito parecidos, e o mar é sempre o mesmo. Na imutabilidade que habitam, são as terras estrangeiras, os rostos estrangeiros, a imensidade cambiante da vida, que se sucedem à frente deles, velados não por um senso de mistério mas por uma ignorância levemente desdenhosa, porque não existe nos homens do mar mistério algum além do próprio mar, senhor da sua existência e tão imperscrutável quanto o Destino. De resto, no fim das horas de trabalho, um passeio ou uma farra ocasional em terra já basta para revelar-lhe o segredo de todo um continente, e quase sempre ele constata que o segredo nem valia a pena conhecer. Os longos relatos dos homens do mar têm uma simplicidade direta cujo significado total cabe na casca de meia noz. Mas Marlow não era típico (excetuando-se a sua propensão aos longos relatos), e para ele o significado de um episódio não residia no seu miolo, como um caroço, mas do lado de fora, envolvendo a narrativa que o expõe só como um brilho tênue que provoca um certo ofuscamento, à semelhança de um desses halos de bruma que às vezes se tornam visíveis graças à luz espectral da lua.

Sua observação não nos pareceu nada surpreendente. Era bem o estilo de Marlow. E foi recebida em silêncio. Ninguém se deu o trabalho de emitir som nenhum; e depois de algum tempo ele começou, muito devagar:

"Estava pensando nos tempos muito antigos, quando os romanos chegaram aqui pela primeira vez, mil e novecentos anos atrás — tão pouco tempo... A luz emanou deste rio depois disso — os cavaleiros, dirão vocês? Sim; mas ela não é mais que uma labareda que corre pela planície, um clarão de raio atrás das nuvens. Vivemos ao fulgor trêmulo do bruxuleio — e espero que ele perdure enquanto a velha Terra continuar rolando! Mas as trevas ficavam aqui ainda ontem. Imaginem o estado de espírito do comandante de uma bela — como se chamava? — trirreme no Mediterrâneo, ao receber a ordem inesperada de seguir para o norte; de atravessar a Gália por terra a toda pressa; e de assumir o comando de uma dessas embarcações que os legionários — que grupo magnífico de homens habilidosos também não deviam ser — eram capazes de construir, aparentemente às centenas, em um ou dois meses, se podemos acreditar no que nos contam os livros. Imaginem esse homem aqui — no próprio fim do mundo, um mar cor de chumbo, um céu cor de fumaça, um tipo de embarcação mais ou menos tão rígida quanto uma concertina — e enveredando por este rio acima com víveres, ou ordens, ou o que vocês quiserem. Bancos de areia, pântanos, florestas, selvagens, muito pouco alimento que convenha a um homem civilizado, nada além de água do Tâmisa para beber. Nada de vinho de Falerno,* nada de folgas em terra. Aqui e ali um acampamento militar perdido no meio da selva, como uma agulha num palheiro — frio, bruma, tempestades, doença, exílio e morte — a morte à espreita no ar, na água, nas matas. Devem ter morrido como moscas, aqui. Ah, sim — ele saiu com vida. E com muito sucesso, certamente, sem pensar muito no que fazia, só mais tarde, quem sabe, para poder se gabar do que precisara

* O vinho de Falerno, um vinho branco doce de grande renome na Roma antiga, era produzido nas encostas do monte Falerno, na divisa entre o Lácio e a Campânia. (N. T.)

enfrentar no seu tempo. Eram homens capazes de dar conta das trevas. E talvez ele se mantivesse animado com a ideia de uma possível promoção para a frota de Ravena,* mais para a frente, se tivesse bons amigos em Roma e sobrevivesse àquele clima horrendo. Ou imaginem um jovem e decente cidadão de toga — talvez um pouco afeito demais ao jogo de dados, sabem como é — vindo para cá na comitiva de algum governante, ou coletor de impostos, ou até mercador — em busca de restabelecer a sua fortuna. O desembarque num pântano, a marcha através das matas, e em algum posto do interior a sensação da presença da selvageria. A selvageria mais extrema se fechara à sua volta — toda aquela vida misteriosa e desconhecida que pulsa nas matas, nas florestas, no coração dos homens selvagens. E não existe iniciação para esses mistérios. Ele precisa viver no meio do incompreensível, que também é detestável. E tudo isso ainda tem um fascínio, que começa a atuar sobre ele. O fascínio da abominação — sabem como é. Imaginem os remorsos crescentes, o desejo de fugir, a repulsa impotente, a rendição — o ódio."

Fez uma pausa.

"Vejam bem", recomeçou ele, erguendo um braço a partir do cotovelo com a palma da mão para fora, de maneira que, com as pernas cruzadas à sua frente, assumiu a postura de um Buda pregando em trajes europeus e sem flor de lótus — "Vejam bem, nenhum de nós se sentiria exatamente assim. A nós, o que salva é a eficiência — a devoção à eficiência. Mas esses sujeitos, no fim das contas, não eram gente de muito preparo. Não eram colonos. A administração que exerciam, acho eu, era pura extorsão e nada mais. Eram conquistadores, e para isso basta a força bruta — nada de que alguém possa se vangloriar, pois a sua força não passa de um acidente produzido pela fraqueza dos outros. Eles se apoderavam de tudo o que podiam, sempre que tinham a oportunidade. Era simples roubo, assalto à mão armada, latro-

* A cidade de Ravena era a sede da maior base naval romana no Adriático. (N. T.)

cínio numa escala grandiosa, e esses homens o praticavam cegamente — como convém a quem investe contra as trevas. A conquista da terra, que antes de mais nada significa tomá-la dos que têm a pele de outra cor ou o nariz um pouco mais chato que o nosso, nunca é uma coisa bonita quando a examinamos bem de perto. Só o que redime a conquista é a ideia. Uma ideia por trás de tudo; não uma impostura sentimental mas uma ideia; e uma crença altruísta na ideia — uma coisa que possamos pôr no alto, frente à qual possamos nos curvar e oferecer sacrifícios..."

Interrompeu-se. Chamas deslizavam pela superfície do rio, pequenas chamas verdes, vermelhas, brancas, perseguindo-se umas às outras, ultrapassando-se, fundindo-se, cruzando-se — e depois separando-se lentamente ou às pressas. A circulação da grande cidade prosseguia na noite cada vez mais escura pelas águas do rio insone. Continuamos olhando, esperando pacientemente — não havia mais nada a fazer até o fim da maré cheia; mas foi só depois de um prolongado silêncio, quando ele disse, numa voz hesitante: "Acho que vocês sabem que numa época eu virei marinheiro de água doce por um tempo", que soubemos estar predestinados a, antes que começasse o fluxo da vazante, ouvir o relato de uma das experiências inconclusivas de Marlow.

"Não quero incomodá-los muito com o que me aconteceu pessoalmente", começou ele, denunciando com essas palavras a fraqueza de muitos contadores de histórias que parecem tantas vezes ignorar o que a sua plateia prefere ouvir; "mas, para entender o efeito que tudo teve sobre mim, vocês precisam saber de que maneira fui parar lá, o que eu vi, como subi aquele rio até o lugar onde conheci o pobre coitado. Foi o ponto mais distante a que chegaram as minhas navegações, e o ponto culminante da minha experiência. De algum modo, parece ter lançado uma espécie de luz sobre tudo que me diz respeito — e sobre os meus pensamentos. Foi uma coisa sombria, também — e deplorável — nada extraordinária em nenhum aspecto — e tampouco muito clara. Não. Não muito clara. E no entanto, parece ter lançado uma espécie de luz.

"Na época, como vocês devem lembrar, eu tinha acabado de voltar para Londres depois de muito oceano Índico, Pacífico, mares da China — uma boa dose de Oriente — seis anos mais ou menos, e estava desocupado, estorvando vocês no seu trabalho e invadindo as suas casas, como que encarregado pelos céus da missão de civilizá-los. Foi muito bom por um certo período, mas depois de algum tempo cansei-me de descansar. E então comecei a procurar um navio — o que nem era o trabalho mais difícil do mundo. Mas os navios não queriam saber de mim. E me cansei de mais essa brincadeira.

"Acontece que, quando eu era pequeno, tinha verdadeira paixão por mapas. Passava horas olhando para a América do Sul, ou para a África, ou para a Austrália, e me perdia em todas as glórias da exploração. Naquela época ainda havia muitos espaços em branco na Terra, e, toda vez que eu via no mapa algum que me parecesse mais convidativo (embora todos sejam convidativos), punha o meu dedo nele e dizia: 'Quando eu crescer, irei até lá'. O polo norte era um desses lugares, eu me lembro. Bom, pois lá ainda não estive, nem pretendo mais tentar. O encanto se gastou. Outros lugares se espalhavam ao longo do equador, e nas mais variadas latitudes pelos dois hemisférios. Estive em alguns desses pontos, e... bem, não vamos falar a respeito disso. Mas ainda havia um deles — o maior — o mais em branco, por assim dizer — que eu sentia um desejo especialmente intenso de conhecer.

"É bem verdade que àquela altura já deixara de ser um espaço em branco. Vinha sendo preenchido, desde a minha infância, com rios, lagos e nomes. Deixara de ser um espaço em branco dominado por um mistério fascinante — uma extensão vazia que os meninos podiam ocupar com sonhos de glória. Transformara-se num lugar escuro, tomado pelas trevas. Mas havia ali um rio em especial, grande e caudaloso, que se podia ver no mapa, lembrando uma imensa serpente desenrolada, com a cabeça no mar, o corpo estendido descrevendo curvas que se prolongavam por uma vasta extensão de terras e a cauda perdida nas profundezas do continente. E, quando encontrei esse mapa na vitrine de uma loja, ele me fascinou como uma cobra hipnotiza um pássaro — um passarinho bobo e ingênuo. E então lembrei que havia um grande negócio em andamento naquela área, uma Companhia que operava o comércio naquele rio. Com os diabos, pensei, eles não têm como atuar num lugar assim sem usar algum tipo de barco em toda essa vastidão de água doce — barcos a vapor! E por que eu não podia tentar o comando de um deles? Segui caminhando pela Fleet Street, mas a ideia não me deixava em paz. A serpente me enfeitiçara.

"Vocês sabem que fica no Continente, a sede daquela Sociedade de Comércio; mas tenho muitos conhecidos que moram no Continente, porque a vida lá é barata e não tão desagradável quanto parece — pelo que eles dizem.

"Lamento admitir que comecei a incomodá-los. O que já era uma novidade na minha vida. Eu não tinha o hábito de conseguir as coisas dessa maneira, sabem, estava acostumado a abrir o meu próprio caminho, com as minhas próprias pernas, na direção que eu escolhia. Eu não teria acreditado que seria capaz de agir assim; mas acontece — vocês entendem — que sentia essa necessidade de ir para lá, a qualquer custo. E comecei a incomodá-los. Os homens me responderam: 'Meu querido amigo', e não fizeram nada. E então — vocês acreditam nisto? — resolvi apelar para as mulheres. Eu, Charlie Marlow, obriguei as mulheres ao trabalho — para conseguir um emprego! Céus! Bem, vocês entendem, eu estava tomado pela ideia. Eu tinha uma tia, criatura amorosa e entusiasmada. E ela me escreveu: 'Vai ser maravilhoso. Estou pronta a fazer qualquer coisa, qualquer coisa por você. Acho a ideia gloriosa. Conheço a mulher de um alto personagem na Administração, e também um homem que tem muita influência sobre' etc. etc. E decidiu que faria qualquer esforço para me ver indicado para o comando de um barco a vapor naquele rio, se era isso que eu desejava.

"Consegui a minha nomeação — claro; e em muito pouco tempo. Parece que a Companhia recebera a notícia de que um dos seus comandantes tinha sido morto numa rixa com os nativos. Era a minha oportunidade, e me deixou mais ansioso ainda para partir. Foi só meses e meses mais tarde, quando fiz a tentativa de recuperar o que restara do corpo, que ouvi dizer que a briga original se devera a um desentendimento em torno de umas galinhas. Isso mesmo, duas galinhas pretas. Fresleven — era o nome do sujeito, um dinamarquês — achou que fora enganado de alguma forma no negócio, desceu do barco e deu uma sova de pau no chefe da aldeia. Ah, não fiquei nada surpreso quando me contaram essa história e, ao mesmo tempo, que Fresleven era a criatura mais gentil e tranquila que jamais caminhou sobre dois pés. Não tenho dúvida de que era, mas já estava lá havia alguns anos envolvido com a nobre causa, sabem, e é provável que tenha finalmente sentido a necessidade de reafirmar de algum modo o seu respeito por si mesmo. E por isso surrou o pobre velho negro sem dó nem piedade, enquanto uma parte do povo dele assistia, paralisada, até algum homem — disseram-me que foi o filho do chefe — em desespero diante dos gritos do pobre velho, reagir com uma ameaça de estocada da sua lança — e é claro que ela penetrou facilmente entre as omoplatas do homem branco. Em seguida, a população inteira desapareceu na floresta, esperando calamidades de todo tipo, enquanto, por outro lado, o vapor de Fresleven também zarpava em meio ao pânico, sob o comando do maquinista, acho eu. Mais tarde, ninguém parece ter se preocupado muito com os restos de Fresleven, até eu aparecer e assumir o seu posto. Eu, por minha vez, não podia deixar as coisas como estavam, mas, quando finalmente tive a chance de encontrar o meu predecessor, a relva que crescia entre as suas costelas já subira o suficiente para cobrir toda a ossada. Que continuava lá. Aquele ser sobrenatural permanecera intacto depois da queda. E a aldeia fora abandonada, as cabanas escuras abertas, apodrecendo, todas fora de prumo, rodeadas pela paliçada caída. Uma calamidade de fato ocorrera. As pessoas tinham desaparecido. O terror louco dispersara a todos, homens, mulheres e crianças, pela mata, para nunca mais voltarem. O que foi feito das galinhas eu não sei. Mas imagino que a causa do progresso também as tenha vitimado de algum modo. De qualquer maneira, foi graças a esse glorioso episódio que consegui o meu posto, bem antes do que eu esperava.

"Saí correndo como um louco de um lado para o outro a fim de me aprontar, e em menos de quarenta e oito horas já atravessava o Canal para me apresentar aos meus empregadores e assinar o contrato. Em poucas horas, cheguei a uma cidade que sempre me lembra um sepulcro caiado de branco. Preconceito, sem dúvida. Não tive dificuldade em localizar a sede da Companhia. Era a maior coisa da cidade, e todos que lá encontrei me pareceram muito orgulhosos dela. Iam governar um império ultramarino, e ganhar uma fortuna incalculável graças ao comércio.

"Uma rua estreita e deserta toda na sombra, casas altas, inúmeras janelas com venezianas, um silêncio mortal, ervas brotando entre as pedras do calçamento, grandiosas arcadas para a entrada de carruagens à direita e à esquerda, imensas portas duplas imponentes e escancaradas. Infiltrei-me por uma dessas brechas, subi um lance de escadas varridas mas nuas, áridas como um deserto, e abri a primeira porta com que me deparei. Duas mulheres, uma gorda e a outra magra, estavam sentadas em cadeiras com assento de palhinha, tricotando com lã preta. A magra se levantou e caminhou diretamente para mim — sempre tricotando com os olhos baixos — e bem no momento em que eu começava a pensar em abrir caminho para ela, como se faz com os sonâmbulos, parou e ergueu os olhos. Seu vestido era feio como uma capa de guarda-chuva; ela se virou, sem dizer palavra, e me conduziu até uma sala de espera. Dei-lhe o meu nome, e olhei em volta. Mesa de pinho no meio, cadeiras simples encostadas nas paredes, numa das extremidades um grande mapa* lustroso exibindo todas as cores do arco-íris. Havia uma vasta extensão de vermelho — o que é bom de se ver a qualquer

* A descrição é de um mapa da África colonial. Pela convenção dominante da época, o vermelho havia de indicar as colônias britânicas. As demais cores devem assinalar as colônias francesas, italianas, portuguesas e alemãs, não necessariamente nessa ordem. O amarelo, no caso, indica a única colônia belga do continente, o Congo. (N. T.)

momento, porque indica que estão trabalhando de verdade naqueles lugares — um bocado de azul, um pouco de verde, pequenas manchas de laranja, e, na Costa Oriental, uma extensão comprida de púrpura, para mostrar onde os alegres pioneiros do progresso tomavam alegremente a boa cerveja clara. No entanto, não era para nenhum deles que eu ia. A minha meta era o amarelo. Bem no centro. E lá estava o rio — fascinante — mortífero — lembrando uma serpente. Ai! Uma porta se abriu, apareceu uma cabeça branca secretarial, mas exibindo uma expressão compassiva, e um dedo magro me convocou para o interior do santuário. A iluminação era atenuada, e se via uma pesada escrivaninha pousada no centro da sala. Detrás dessa estrutura, percebia-se uma impressão de palidez rechonchuda envergando uma sobrecasaca. O grande homem em pessoa. Tinha um metro e setenta de altura, calculo, e detinha o comando firme de muitos milhões. Apertou a minha mão, acho eu, emitiu murmúrios vagos, ficou satisfeito com o meu francês. *Bon voyage*.

"Em cerca de quarenta e cinco segundos me vi de volta à sala de espera com o secretário compassivo que, dominado pelo desconsolo e a comiseração, fez-me assinar algum documento. Acredito que eu me comprometia, entre outras coisas, a não revelar nenhum segredo comercial. Bem, não é o que vou fazer.

"Comecei a sentir um certo desconforto. Vocês sabem que não estou acostumado a muita cerimônia, e havia um elemento aziago na atmosfera. Era como se tivessem acabado de me pôr a par de alguma conspiração — não sei — alguma coisa não de todo correta, e fiquei satisfeito de sair dali. Na antessala exterior, as duas mulheres tricotavam febrilmente com lã preta. Havia pessoas chegando, e a mais jovem andava de um lado para o outro procurando encaminhá-las. A mais velha continuava sentada na sua cadeira. Seus chinelos largos de flanela estavam apoiados num aquecedor de pés, e um gato repousava no seu regaço. Ela usava um adorno branco engomado na cabeça, tinha uma verruga numa das faces, e óculos de aro de prata pousavam na ponta do seu nariz. Fitou-me por cima das lentes. A placidez ligeira e insensível daquele olhar me perturbou. Dois jovens de aparência animada e um tanto estúpida estavam sendo conduzidos por perto dela, e ela lhes lançou o mesmo olhar breve de sabedoria indiferente. Dava a impressão de saber tudo a respeito deles, e de mim também. Fui tomado por um mau presságio. Ela exibia um ar de infortúnio sobrenatural. Muitas vezes, bem distante, lá, ocorreu-me a memória dessas duas, guardiãs das portas das Trevas, tricotando com lã preta como que a produzir um pano mortuário quente, a primeira encaminhando, encaminhando continuamente para o desconhecido, e a outra esquadrinhando com olhos velhos e impassíveis os rostos tolos e animados. '*Ave!* Velha tricoteira da lã preta. *Morituri te salutant.*' Não muitos dos que ela examinou jamais voltaram a vê-la — menos que a metade — de longe.

"Ainda havia uma ida ao Médico. 'Simples formalidade', garantiu-me o secretário, com o ar de quem compartilhava intensamente todos os meus desconfortos. Logo em seguida, um jovem que usava o chapéu caído sobre a sobrancelha esquerda, algum escriturário, acho eu — devia haver escriturários naquela firma, embora a casa fosse tão silenciosa quanto uma residência numa cidade de mortos —, apareceu vindo de algum lugar no piso superior e me mostrou o caminho. Era descuidado e revelava pouco asseio, com manchas de tinta nas mangas do paletó, e usava uma gravata larga e volumosa debaixo de um queixo com o formato do bico de uma bota antiga. Ainda era um pouco cedo demais para o Médico, de maneira que propus uma bebida, ao que ele demonstrou uma pronunciada veia de jovialidade. Assim que nos sentamos com os nossos vermutes ele começou a louvar os negócios da Companhia, e depois de algum tempo manifestei de passagem a minha surpresa por ele não ter ido para lá. Na mesma hora ele se mostrou bem mais frio e contido. 'Não sou tão idiota quanto pareço, como disse Platão aos seus discípulos', declarou-me sentenciosamente, antes de esvaziar com grande resolução o seu copo, e nos levantamos.

"O velho médico apalpou o meu pulso, o tempo todo com o pensamento evidentemente em alguma outra coisa. 'Bom, bom para lá', murmurou, e então, com uma certa ansiedade, perguntou se eu lhe permitiria tirar as medidas da minha cabeça. Bastante surpreso, respondi que sim, ao que ele pegou um instrumento semelhante a um calibre e tirou as medidas da frente, de trás e de todas as partes do meu crânio, anotando tudo com o maior cuidado. Era um homenzinho de barba por fazer, num jaleco surrado que lembrava uma capa de chuva, com os pés calçando chinelos, e achei que fosse um idiota inofensivo. 'Sempre peço, no interesse da ciência, permissão para tirar as medidas cranianas das pessoas que seguem para lá', disse ele. 'E quando voltam, também?', perguntei. 'Ah, eu nunca vejo quem volta', observou ele; 'e além do mais as mudanças ocorrem por dentro, sabe.' E deu um sorriso, como se lembrasse alguma piada silenciosa. 'Com que então o senhor está indo para lá. Esplêndido. E interessante, também.' Lançou-me um olhar penetrante, e fez mais uma anotação. 'Algum caso de loucura na sua família?', perguntou, num tom neutro. Fiquei muito contrariado. 'Essa pergunta também é no interesse da ciência?' 'Poderia ser', respondeu ele, sem tomar conhecimento da minha irritação, 'interessante para a ciência observar as mudanças mentais dos indivíduos no local, mas...' 'O senhor é alienista?', interrompi. 'Todo médico deveria ser — um pouco', respondeu aquele original, imperturbável. 'Eu tenho uma modesta teoria, que os senhores, *messieurs* que partem para lá, deveriam me ajudar a provar. E é essa a minha parte nas vantagens que o meu país há de auferir com a posse de uma dependência tão magnífica. A mera riqueza, eu deixo para os outros. Perdoe as minhas perguntas, mas o senhor é o primeiro inglês que tenho a oportunidade de observar...' Apressei-me a lhe assegurar que eu não era nem um pouco típico. 'Se fosse', disse eu, 'não estaria conversando assim com o senhor.' 'O que o senhor me diz é muito profundo, e provavelmente equivocado', respondeu ele com uma risada. 'Evite a irritação mais que a exposição ao sol. *Adieu*. Como é que vocês, ingleses, dizem, hein? *Good-bye*. Ah! *Good-bye*. *Adieu*. Nos trópicos, antes de tudo, a pessoa precisa manter a calma...' Ergueu um dedo em advertência... '*Du calme, du calme. Adieu.*'

"Faltava fazer mais uma coisa — despedir-me da minha excelente tia. Encontrei-a triunfante. Tomei uma xícara de chá — a última xícara de chá decente em muitos dias — numa sala que, para meu grande conforto, tinha exatamente a aparência que se espera da sala de visitas de uma senhora, e tivemos uma longa conversa em voz baixa junto à lareira. No decorrer dessas confidências, ficou muito claro para mim que eu fora descrito para a mulher do alto dignitário, e sabe Deus para quantas outras pessoas, como uma criatura excepcional de muitos talentos — para a Companhia, um golpe de sorte — um homem que não aparece todo dia. Deus do céu! E tudo isso para comandar um vaporzinho ordinário, subindo e descendo um rio ao som de um apito de metal! Parece, porém, que eu era um dos envolvidos na Obra, com maiúscula — sabem como é. Algo como um emissário da luz, uma espécie inferior de apóstolo. Besteiras dessa ordem vinham circulando em profusão naquela época, tanto em letra impressa como de viva voz, e a boa senhora, exposta à euforia de toda aquela vigarice, acabara se deixando levar. Falou de 'desapegar esses milhões de ignorantes dos seus modos horrendos', insistindo a tal ponto que, dou-lhes a minha palavra, fiquei muito constrangido. E me arrisquei a sugerir que a Companhia existia para dar lucro.

"'Você esquece, querido Charlie, que quem trabalha merece o que recebe', disse ela em tom animado. É estranho como as mulheres não têm contato com a realidade! Vivem num mundo à parte; nunca existiu mundo semelhante, nem jamais poderá existir. É lindo demais em todos os aspectos, e se alguém fosse tentar construí-lo haveria de se espatifar antes do anoitecer do primeiro dia. Alguma coisa execrável, com que nós homens nos conformamos a viver desde o dia da criação, haveria de entrar em ação e derrubar tudo aquilo por terra.

"Depois disso, recebi um abraço, ouvi o conselho de usar sempre flanela, não deixar de escrever regularmente, e assim por diante — e fui embora. Na rua — não sei por quê — ocorreu-me a sensação bizarra de ser um impostor. E o mais estranho é que eu, antes acostumado a zarpar para qualquer parte do mundo com vinte e quatro horas de aviso, sem dar a isso mais atenção que a maioria dos homens dedica a atravessar uma rua, tive um momento — não direi de hesitação, mas de incerteza sobressaltada, diante daquela situação no fim das contas tão banal. A melhor maneira que encontro para lhes explicar o que senti é dizer que, por um ou dois segundos, foi como se, em vez de estar rumando para o centro de um continente, eu estivesse prestes a partir com destino ao centro da Terra.

"Zarpei num vapor francês, que parou em todos os malditos portos do caminho com a única finalidade, até onde pude perceber, de lá desembarcar militares e funcionários aduaneiros. E eu observava a costa. Observar um trecho de costa enquanto ele se desenrola à passagem de um navio é como procurar a solução de um enigma. Ele está ali, bem à sua frente — sorrindo, de cenho franzido, desafiante, grandioso, maldoso, insípido ou selvagem, e sempre em silêncio, com o ar de quem sussurra: 'Venha descobrir'. Esse trecho de costa era quase desprovido de acidentes, como se ainda estivesse em produção, com um aspecto de monótona ameaça. A orla de uma selva colossal, de um verde tão escuro que era quase preto, franjada de ondas brancas, estendia-se reta, como uma linha traçada a régua, por uma distância interminável ao longo de um mar azul cuja cintilação era empanada por uma cerração em movimento. O sol brilhava feroz, a terra parecia cintilar e porejar vapor. Aqui e ali, manchas de um cinza esbranquiçado apareciam aglomeradas junto à espuma branca das ondas, com uma bandeira hasteada acima delas, talvez — povoamentos, alguns com séculos de idade, e ainda não maiores que cabeças de alfinete contra a extensão intocada do pano de fundo. Insistíamos em frente, parávamos, desembarcávamos soldados, prosseguíamos, desembarcávamos funcionários aduaneiros para recolher tributos no meio do que víamos como uma imensa área inabitada e esquecida por Deus, com um barracão de zinco e um mastro perdido, desembarcávamos mais soldados — para zelar pelos funcionários aduaneiros — presumivelmente. Alguns, ouvi dizer, afogavam-se nas ondas; mas ninguém parecia incomodar-se a ponto de verificar se tinham afundado ou não. Eram simplesmente largados ali, e seguíamos adiante. Todo dia o litoral tinha a mesma aparência, como se não tivéssemos avançado nada; mas fomos deixando para trás vários lugares — lugares de comércio — com nomes como Gran' Bassam e Little Popo, nomes que pareciam tirados de alguma farsa sórdida encenada à frente de um sinistro pano preto. A inatividade de passageiro, o meu isolamento em meio a todos aqueles homens com quem não tinha nenhum ponto de contato, o mar apático e oleoso, a escuridão uniforme da costa, tudo dava a impressão de me manter à distância da verdade das coisas, enredado em alguma ilusão lastimável e sem sentido. A voz das ondas que me chegava de vez em quando era um claro prazer, como as palavras de um irmão. Era uma coisa natural, que tinha a sua causa, que tinha um significado. De tempos em tempos, um barco vindo da costa nos punha em contato momentâneo com a realidade. Era remado por sujeitos pretos. Via-se de longe, o brilho do branco dos seus olhos. Gritavam, cantavam; a transpiração cobria os seus corpos; tinham rostos que lembravam máscaras grotescas — aqueles sujeitos; mas tinham ossos, músculos, uma vitalidade selvagem, uma energia intensa de movimento que era tão natural e verdadeira quanto as ondas do seu litoral. Não precisavam de nenhum pretexto para estarem ali. Eram um consolo para os olhos. Por algum tempo, eu voltava a sentir que ainda pertencia a um mundo de fatos inequívocos; mas a sensação não durava muito. Alguma coisa sempre surgia e tratava de abafá-la. Num dado momento, eu me lembro, encontramos um navio de guerra ancorado ao largo da costa. Não havia nem mesmo uma palhoça naquele local, e o navio bombardeava a mata. Os franceses, fui informado, vinham travando uma das suas guerras nas proximidades. A insígnia do navio pendia flácida como um trapo; as bocas dos compridos canhões de seis polegadas despontavam de todas as alturas do casco, as ondulações das águas oleosas e enlameadas faziam o navio oscilar preguiçoso, para cima e para baixo, balançando os finos mastros. No meio da imensidão vazia da terra, do céu e das águas, ali estava ele, incompreensível, disparando as suas armas contra um continente. Pam!, atirava um dos canhões de seis polegadas; uma pequena chama dardejava antes de sumir, produzindo uma nuvenzinha de fumaça branca, um projétil modesto emitia um assobio fraco — e nada acontecia. Nada podia acontecer. Havia um quê de insanidade em todo o processo, uma sensação de pilhéria lúgubre naquela visão; que não foi dissipada quando alguém a bordo me assegurou com a maior seriedade que havia um acampamento de nativos — a quem ele chamava de inimigos — oculto em algum ponto por ali, fora das nossas vistas.

"Entregamos as cartas do navio (ouvi dizer que os homens daquela embarcação solitária vinham morrendo de febre à razão de três por dia) e seguimos em frente. Paramos em mais alguns lugares com nomes de farsa, onde a dança agitada da morte e do comércio prosseguia numa atmosfera imóvel e empoeirada como a de uma catacumba superaquecida; ao longo de todo o litoral informe bordejado por ondas perigosas, como se a própria Natureza procurasse manter os intrusos à distância; entrando e saindo de rios, correntes de morte em vida, cujas margens se decompunham em lama, cujas águas, engrossadas de borra, invadiam os manguezais tortuosos que pareciam se contorcer para nós no transe de um desespero impotente. Em nenhum lugar ficamos tempo suficiente para formar uma impressão pormenorizada, mas fui sendo tomado pela sensação geral de um espanto vago e opressivo. Aquela viagem parecia uma peregrinação exausta em meio a muitas sugestões de pesadelo.

"Mais de trinta dias se passaram antes que eu visse a embocadura do grande rio. Ancoramos perto da sede do governo. Mas o meu trabalho só começaria uns trezentos quilômetros mais adiante. Portanto, assim que pude, parti para um ponto cinquenta quilômetros rio acima.

"Tomei passagem num pequeno vapor que também navegava em água salgada. Seu comandante era um sueco que, ao saber que eu era do mar, convidou-me para o passadiço. Era um homem jovem, magro, claro e tristonho, com cabelos escorridos e um passo arrastado. Assim que deixamos o cais acanhado e miserável, ele indicou a costa com um gesto de cabeça cheio de desprezo. 'Estava morando aí?', perguntou. E eu respondi que sim. 'Uma gente e tanto, esse pessoal do governo — não é mesmo?', continuou ele, falando inglês com grande precisão e considerável amargura. 'É engraçado ver o que algumas pessoas aceitam fazer por uns poucos francos ao mês. Eu me pergunto o que acontece com essa gente quando envereda pelo interior.' Eu lhe disse que esperava descobrir dali a pouco tempo. 'O-o-ora!', exclamou ele. E saiu arrastando os pés de um lado para o outro, com um olho vigilante sempre adiante do barco. 'Não tenha tanta certeza', prosseguiu. 'Outro dia transportei um homem que se enforcou no meio do caminho. Era sueco, como eu.' 'Enforcou-se? Mas por quê, meu Deus?', gritei. Ele continuou olhando atento para a frente. 'Quem sabe? O sol foi demais para ele, ou o país, talvez.'

"Finalmente um trecho reto do rio se descortinou diante de nós. Encostas rochosas apareceram, além de montes de terra revirada junto à beira da água, casas numa colina, outras com telhado de ferro construídas no declive em meio a restos de escavações. O barulho contínuo das corredeiras mais acima pairava sobre aquela cena de devastação habitada. Muitas pessoas, na maioria negras e nuas, deslocavam-se de um lado para outro como formigas. Um ancoradouro se projetava rio adentro. O clarão cegante da luz do sol afogava de tempos em tempos toda a cena em súbitos recrudescimentos de brilho. 'Ali fica a sede da sua Companhia', disse o sueco, apontando para três estruturas de madeira em forma de galpão plantadas no alto da encosta rochosa. 'Eu mando levarem as suas coisas até lá em cima. Quatro caixas, o senhor disse? Perfeito. Adeus.'

"Encontrei uma caldeira tombada de lado na relva, e em seguida um caminho que galgava o morro. Fazia algumas curvas para evitar uns penhascos e também uma locomotiva de pequeno porte caída de costas, com as rodas para o ar. Uma delas sumira. A coisa parecia tão morta quanto a carcaça de algum animal. Encontrei outros pedaços de maquinaria em decomposição, uma pilha de trilhos enferrujados. À esquerda, um aglomerado de árvores criava uma área de sombra onde coisas pretas pareciam mover-se timidamente. Pisquei os olhos, o caminho era inclinado. Uma sirene tocou à direita, e vi os pretos correndo. Uma detonação violenta e surda abalou o solo, uma nuvem de fumaça brotou da encosta, e só. Mudança nenhuma apareceu na face do rochedo. Estavam construindo uma ferrovia. Não que o penhasco estivesse no caminho de nada; mas aquelas explosões sem sentido constituíam a totalidade da obra em andamento.

"Um ligeiro ruído metálico atrás de mim fez-me virar a cabeça. Seis homens negros avançavam em fila, esforçando-se para prosseguir na subida. Caminhavam eretos e lentos, equilibrando na cabeça cestos cheios de terra, e aquele tilintar acompanhava o ritmo dos seus passos. Traziam farrapos negros enrolados em torno dos quadris, e as pontas curtas do tecido balançavam como caudas abaixo das suas costas. Eu podia distinguir todas as suas costelas, as juntas dos seus membros lembravam nós numa corda, cada um trazia uma coleira de ferro no pescoço e todas estavam unidas por uma corrente cujos grandes elos oscilavam entre os homens, chacoalhando ritmicamente. Uma nova explosão vinda da encosta me fez lembrar daquele navio de guerra que eu vira disparando contra um continente. Era o mesmo tipo de voz funesta; mas por nenhum esforço da imaginação aqueles homens podiam ser chamados de inimigos. Aqui eram chamados de criminosos, e a lei que violaram chegara a eles da mesma forma que aqueles projéteis e explosivos, um mistério insolúvel vindo do mar. Os seus peitos descarnados arquejavam todos ao mesmo tempo, as narinas violentamente dilatadas estremeciam, os olhos petrificados permaneciam fixos no alto da ladeira. Passaram por mim a menos de quinze centímetros, sem um relance de olhos sequer, com aquela indiferença completa e cadavérica dos selvagens infelizes. E atrás dessa matéria bruta um dos resgatados, o produto das novas forças em ação, caminhava com postura frouxa, carregando um fuzil pelo meio da arma. Usava uma jaqueta de uniforme a que faltava um botão, e, ao ver um branco no caminho, alçou a arma ao ombro com um ar animado. Por simples prudência, já que de longe os brancos se pareciam tanto que não tinha como distinguir quem eu seria. Logo se tranquilizou e, com um sorriso imenso, branco e malicioso, e um olhar para os seus tutelados, deu sinal de que me admitia como um parceiro da mais extrema confiança. Afinal, eu também fazia parte da grande causa que motivava aqueles elevados e justos procedimentos.

"Em vez de continuar subindo, virei e desci à esquerda. Minha ideia era deixar sair de vista aquele grupo de forçados antes de prosseguir até o alto da encosta. Vocês sabem que não sou especialmente sensível; já precisei desferir e evitar golpes. Já precisei me defender e às vezes atacar — o que não passa de uma forma de defesa — sem avaliar o custo exato — de acordo com as exigências do tipo de vida no qual acabei enredado. Já vi o demônio da violência, o demônio da cobiça e o demônio do desejo ardente; mas, por todas as estrelas, eram todos demônios fortes, vigorosos, de olhos vermelhos, que dominavam e impeliam homens — homens, estou lhes dizendo. Mas ali, naquela colina, antevi que ao brilho ofuscante do sol daquela terra eu iria conhecer um outro demônio, flácido, falso e de olhos fracos, de uma insensatez rapinante e impiedosa. E o quanto esse demônio também era capaz de ser insidioso eu só iria descobrir vários meses depois, e a mais de mil quilômetros dali. Naquele momento, só tive um mau presságio, como se percebesse um aviso. Finalmente, desci um trecho da encosta por um caminho oblíquo, na direção das árvores que vira pouco antes.

"Contornei uma vasta cratera artificial que alguém vinha cavando, e cuja finalidade julguei impossível adivinhar. De qualquer modo, não era uma pedreira ou uma cova para a extração de areia. Era só um buraco. Podia se dever ao desejo filantrópico de dar algo que fazer aos criminosos. Não sei. E então quase caí numa ravina muito estreita, pouco mais que uma cicatriz na encosta. Descobri que uma imensa quantidade de canos de drenagem, fundamentais para as instalações, tinha sido despejada ali. Não havia um tubo que não estivesse partido. Era um desastre, uma perda total. E finalmente cheguei à sombra das árvores. A minha ideia era dar alguns passos protegido do sol; mas assim que cheguei ali tive a impressão de haver ingressado no círculo de sombras de algum Inferno. As corredeiras estavam próximas, e um rumor ininterrupto, uniforme, impetuoso e trovejante preenchia o silêncio melancólico daquele arvoredo onde o ar não se movia, nenhuma brisa agitava a folhagem, produzindo um som misterioso, como se a extrema velocidade da própria Terra no espaço tivesse ficado repentinamente audível.

"Havia formas negras acocoradas, deitadas, sentadas entre as árvores, apoiadas nos troncos, coladas à terra, meio reveladas e meio ocultas pela luz atenuada em todas as posturas da dor, do abandono e do desespero. Outra carga subterrânea explodiu na encosta, seguida de um ligeiro estremecimento do solo debaixo dos meus pés. A obra prosseguia. A obra! E era naquele local que alguns dos auxiliares se tinham refugiado para morrer.

"Estavam morrendo aos poucos — era muito claro. Não eram inimigos, não eram criminosos, não eram mais coisa alguma que fosse terrena — nada mais que sombras negras da doença e da fome, jazendo de cambulhada na penumbra verde. Trazidos de todos os recantos da costa com toda a legalidade dos contratos temporários, perdidos em terreno hostil, alimentados com comida estranha, adoeciam, tornavam-se ineficientes, e finalmente lhes permitiam que se arrastassem até ali para o descanso. Aquelas formas moribundas eram livres como o ar — e quase igualmente insubstanciais. Comecei a distinguir o brilho dos olhos sob as árvores. Depois, baixando os olhos, vi um rosto perto da minha mão. A ossada negra estava reclinada ao comprido com um dos ombros encostado na árvore, lentamente as pálpebras subiram e os olhos afundados se ergueram para mim, enormes e vazios, com uma espécie de fulgor cego e branco no fundo dos globos que aos poucos foi-se apagando. O homem parecia jovem — quase um rapaz — mas, vocês sabem, no caso deles nunca é fácil afirmar com certeza. Não me ocorreu nada além de lhe oferecer um dos biscoitos do navio do meu bom sueco, que eu guardara no bolso. Os dedos se fecharam devagar em torno do biscoito e o agarraram — mas não houve nenhum outro movimento, nenhum outro olhar. Ele tinha amarrado um pedaço de pano branco de lã em volta do pescoço — Por que seria?

Onde o teria conseguido? Seria uma insígnia — um ornamento — um amuleto — um ato propiciatório? Teria alguma ligação com alguma ideia? Chamava atenção, rodeando o pescoço negro, aquele pedaço de tecido branco de além-mar.

"Perto da mesma árvore havia dois outros fardos de ângulos agudos, sentados com as pernas dobradas. Um deles, com o queixo apoiado nos joelhos, olhava para o nada, com uma expressão intolerável e aterradora; o fantasma seu irmão apoiava a testa, como que derrotado por uma imensa fadiga; e à toda volta havia outros, espalhados em todas as poses do colapso contorcido, como num quadro representando um massacre ou a peste. Enquanto eu os contemplava tomado pelo horror, uma dessas criaturas se ergueu um pouco, apoiou-se nas mãos e nos joelhos, e, de quatro, seguiu até o rio para beber água. Tomou a água que colhia com a mão, depois sentou ao sol, cruzando as pernas diante de si, e, ao fim de algum tempo, deixou a cabeça lanosa cair sobre o osso do peito.

"Desisti de ficar descansando ali à sombra, e me apressei em tomar o caminho do posto. Quando cheguei perto das instalações encontrei um homem branco, num figurino tão inesperadamente elegante que num primeiro momento eu o tomei por uma espécie de visão. Vi um colarinho branco alto e engomado, punhos brancos, um paletó claro de alpaca, calças cor de neve, uma gravata clara e botas envernizadas. Nada de chapéu. Cabelos repartidos, penteados, untados de brilhantina, sob um para-sol orlado de verde que ele segurava em sua enorme mão branca. Era uma visão espantosa, e tinha uma caneta atrás da orelha.

"Apertei a mão desse milagre, e fiquei sabendo que era o contador-chefe da Companhia, e que toda a contabilidade era feita naquele posto. Saíra por alguns instantes, contou-me ele, 'para tomar um pouco de ar fresco'. A expressão soava esplendidamente bizarra, com a sua sugestão de um trabalho burocrático sedentário. Eu nem teria mencionado esse sujeito para vocês, não tivesse sido dos seus lábios que ouvi pela primeira vez o nome do homem tão indissoluvelmente ligado às memórias daquele tempo. Além disso, ele me inspirou respeito. Sim. Respeito pelo seu colarinho, pelos punhos dobrados da sua camisa, pelos cabelos bem penteados. Lembrava na verdade um manequim de barbearia, mas em meio à grande desmoralização daquela terra ele mantinha a boa aparência. E isso é firmeza pessoal. Seus colarinhos engomados e o peitilho adornado das suas camisas eram façanhas do caráter. Fazia quase três anos que já estava ali e, mais tarde, não consegui deixar de lhe perguntar como conseguia manter suas roupas naquele estado. Ele corou muito de leve, e respondeu, encabulado: 'Ensinei a uma das mulheres nativas do posto. Foi difícil. Ela não tinha grande gosto pelo trabalho'. Assim, aquele homem havia de fato conseguido realizar alguma coisa. E tinha verdadeira devoção pelos seus livros, que viviam numa ordem impecável.

"Todo o resto do posto era uma confusão — as cabeças, as coisas, as instalações. Fileiras de negros sujos com os pés espalhados chegavam e partiam; um fluxo constante de mercadorias, peças de algodão ordinário, contas e fios de metal, era transportado para as profundezas das trevas, e de volta vinha um precioso gotejar de marfim.

"Precisei esperar no posto por dez dias — uma eternidade. Vivia numa cabana do pátio, mas para me manter a salvo do caos eu às vezes me refugiava no escritório do contador. O escritório era feito de tábuas horizontais, e tão mal construído que, sempre que ele se debruçava sobre a sua mesa alta, ficava coberto do pescoço aos calcanhares por tiras de luz do sol. Não era necessário abrir as grandes persianas para ver do lado de fora. E lá também fazia calor; moscas imensas zumbiam ameaçadoras, e não picavam: desferiam estocadas. Eu geralmente me sentava no chão, enquanto, com a sua aparência impecável (e até mesmo um tanto perfumada), empoleirado num banco alto, ele escrevia, escrevia. Às vezes se levantava da mesa, como forma de exercício. Quando uma padiola com um doente (um agente inválido do interior) foi alojada no seu gabinete, ele deu mostras de uma contrariedade contida. 'Os gemidos desse doente', dizia ele, 'desviam a minha atenção. E sem ela é muito difícil evitar erros de escrita no clima daqui.'

"Um dia ele observou, sem erguer a cabeça: 'No interior o senhor deverá encontrar o sr. Kurtz'. Quando lhe perguntei quem era o sr. Kurtz, ele respondeu que era um agente de primeira classe; e ao ver o meu desapontamento com essa informação, acrescentou lentamente, pousando a pena: 'É um homem realmente notável'. Novas perguntas o estimularam a dizer que o sr. Kurtz era o atual responsável por um posto de troca, muito importante, em plena terra do marfim, 'no ponto mais profundo. Manda tanto marfim para cá quanto todos os outros juntos...'. Recomeçou a escrever. O doente passava mal demais para sequer emitir um gemido. As moscas zumbiam numa grande paz.

"De repente, ouviu-se um murmúrio crescente de vozes e um grande tropel de pés descalços. Uma caravana tinha chegado. Uma violenta algaravia de sons irreconhecíveis irrompeu do outro lado das tábuas. Todos os carregadores falavam ao mesmo tempo, e no meio do tumulto a voz lamentosa do chefe do posto foi ouvida a queixar-se, 'desistindo de tudo' pela vigésima vez naquele dia... Ele se levantou devagar. 'Que barulho medonho', observou. Atravessou calmamente a sala para olhar o doente e, voltando, disse para mim: 'Ele não está ouvindo nada'. 'Quê? Morreu?', perguntei, assustado. 'Não, ainda não', respondeu ele, com grande compostura. E então, aludindo com um gesto de cabeça à confusão que reinava no pátio: 'Quando a pessoa precisa tomar o cuidado de sempre fazer registros corretos, acaba detestando esses selvagens — com um ódio de morte'. Ficou pensativo por um momento. 'Quando o senhor encontrar o sr. Kurtz', continuou, 'pode lhe dizer da minha parte que tudo aqui' — olhou de relance para a mesa — 'está muito satisfatório. Não gosto de escrever para ele — com esses nossos mensageiros, nunca se sabe nas mãos de quem a sua carta vai parar — naquele Posto Central.' Fitou-me por um momento com seus olhos mansos e protuberantes. 'Ah, ele vai longe, muito longe', recomeçou. 'Vai ser alguém na Administração, dentro de pouco tempo. É o que eles, lá em cima — o Conselho na Europa, sabe — já decidiram.'

"Retomou o seu trabalho. O barulho do lado de fora tinha cessado, e decidi sair do escritório, parando na porta. Em meio ao zumbido constante das moscas, o agente que aguardava o transporte de volta para casa jazia ruborizado e insensível; o outro, debruçado sobre os seus livros, fazia o registro correto de transações perfeitamente corretas; quinze metros além da porta, viam-se as copas imóveis do arvoredo da morte.

"No dia seguinte parti finalmente do posto, com uma caravana de sessenta homens, para uma caminhada de trezentos quilômetros.

"E nem há muita coisa que valha a pena lhes contar sobre ela. Picadas, picadas por toda parte; uma rede, batida ao extremo, de trilhas que se espalhavam pelas áreas desabitadas, em meio à relva alta, em meio à relva queimada, atravessando trechos de mata, descendo e subindo desfiladeiros impressionantes, vencendo encostas pedregosas que irradiavam um calor insuportável; e uma solidão, uma solidão, ninguém, nem uma cabana. A população já deixara aquela área muito antes. Bem, se um bando de negros misteriosos portando todo o tipo de armas assustadoras adotasse de uma hora para outra o hábito de percorrer as estradas entre Deal e Gravesend,* capturando a torto e a direito os locais mais simplórios para obrigá-los a carregar seus fardos pesados, imagino que as propriedades e os chalés da região também se esvaziassem em pouco tempo. Só que aqui as habitações também haviam desaparecido. Ainda assim, passei por várias aldeias desertas. Existe alguma coisa de pateticamente infantil nas ruínas de paliçadas. Dia após dia, ouvindo sessenta pares de pés descalços a pisar a terra e se arrastar atrás de mim, cada par debaixo de um fardo de uns vinte e cinco quilos. Acampar, cozinhar, dormir, levantar acampamento, seguir caminho. De tempos em tempos um carregador morto em serviço, estendido na relva alta junto à trilha, tendo ao lado uma cabaça de água vazia e o seu longo cajado. Um grande silêncio à toda

* Deal é um porto no canal da Mancha, perto de Dover, a cerca de setenta quilômetros da cidade de Gravesend, a sudeste de Londres e à beira do Tâmisa. (N. T.)

volta e no alto. Talvez em alguma noite tranquila o rumor de tambores distantes, diminuindo e depois aumentando, um tremor vasto e tênue; um som estranho, atraente, sugestivo, e selvagem — e talvez com um significado tão profundo quanto o repicar dos sinos em terras cristãs. A certa altura, um branco de uniforme desabotoado, acampado no caminho com uma escolta armada de magros zanzibaritas,* muito hospitaleiro e festivo — para não dizer embriagado. Fora encarregado da manutenção da estrada, declarou. Não posso dizer que tenha visto estrada ou manutenção, a menos que o corpo de um negro de meia-idade com um furo de bala na testa, no qual praticamente tropecei cinco quilômetros adiante, possa ser considerado um melhoramento permanente. E eu tinha um companheiro de viagem, branco também, que não era mau sujeito, mas um pouco corpulento demais e com o hábito exasperante de desmaiar nas encostas batidas pelo sol, a quilômetros de qualquer sinal de sombra ou água. É irritante, sabem, ficar segurando o seu próprio casaco aberto como um para-sol acima da cabeça de um homem enquanto ele recupera os sentidos. Certa vez, não consegui deixar de lhe perguntar o que tinha passado pela sua cabeça quando decidira vir para cá. 'Ganhar dinheiro, claro. O que você acha?', respondeu ele em tom de desdém. Em seguida teve uma febre, e precisava ser carregado numa rede pendente de uma vara comprida. Como pesava quase cem quilos, as discussões com os carregadores eram intermináveis. Eles empacavam, fugiam, sumiam com os seus fardos no meio da noite — um verdadeiro motim. Assim, uma noite eu fiz um discurso em inglês com muitos gestos, nenhum dos quais deixou de ser registrado pelos sessenta pares de olhos que me assistiam, e na manhã seguinte mandei a rede seguir à nossa frente. Uma hora mais tarde, deparei-me com tudo aquilo enfiado num matagal — homem, rede, gemidos, cobertores, horrores. A vara pesada esfolara o

* Zanzibaritas, nativos da ilha de Zanzibar, na costa oriental da África, muito usados como carregadores ou mercenários em expedições europeias. (N. T.)

seu pobre nariz. Demonstrava grande desejo de que eu matasse alguém, mas não havia nem sombra de carregador por perto. Lembrei-me do velho médico — 'Poderia ser interessante para a ciência observar as mudanças mentais dos indivíduos no local'. Senti que eu já tinha adquirido algum interesse científico. Mesmo assim, nada disso importa muito. No décimo quinto dia tornei a avistar o grande rio, e logo cheguei trôpego ao Posto Central da Companhia. Ficava numa enseada do rio, um remanso rodeado de cerrado e floresta, cercado por uma bela fronteira de lama malcheirosa de um dos lados e, dos três outros, por uma paliçada absurda de pés de junco. Uma abertura esquecida era tudo que tinha em matéria de portão, e um único olhar já bastava para perceber qual era o demônio flácido que comandava aquele espetáculo. Brancos com longos cajados nas mãos surgiram morosos dentre as construções, aproximaram-se para me examinar e depois se retiraram para algum lugar fora das minhas vistas. Um deles, um sujeito corpulento e excitável de bigodes negros, informou-me com grande volubilidade e muitas digressões, assim que eu lhe disse quem era, que o meu vapor repousava no fundo do rio. Fiquei estupefato. O quê, como, por quê? Ah, 'estava tudo bem'. O 'Gerente em pessoa' se encontrava lá na ocasião. 'Tudo perfeitamente correto.' Todos tinham se comportado da maneira mais esplêndida! esplêndida! 'O senhor precisa', disse ele muito agitado, 'ir ver o Gerente Geral agora mesmo. Ele está à sua espera.'

"Não percebi de imediato a verdadeira significação daquele naufrágio. Acho que entendo agora, mas não tenho certeza — certeza nenhuma. Não há dúvida de que foi uma ocorrência estúpida demais — pensando bem — para ter sido totalmente natural. Ainda assim... Mas àquela altura o caso só me foi apresentado como um maldito contratempo. O vapor havia afundado. Tinham partido dois dias antes rio acima numa pressa repentina, com o Gerente a bordo, sob o comando improvisado de algum voluntário, e em menos de três horas rebentaram o fundo do barco numas pedras e ele naufragou perto da margem sul. Eu me perguntei o que poderia fazer ali — agora que o meu barco estava perdido. Na verdade, tinha muito que fazer para pescar a embarcação sob o meu comando e tirá-la do fundo do rio. E precisava me entregar à tarefa já no dia seguinte. Isso, e mais os reparos depois que eu trouxe a carcaça recuperada de volta para o posto, levou vários meses.

"Minha primeira entrevista com o Gerente foi curiosa. Ele não me convidou a sentar, depois da minha caminhada de mais de trinta quilômetros daquela manhã. Era um homem comum em matéria de cor, semblante, modos e voz. Tinha altura mediana e compleição normal. Seus olhos, do azul costumeiro, mostravam-se talvez notavelmente frios, e ele era capaz de fazer esse olhar cair sobre alguém com o peso e o gume de um machado. Mesmo em tais ocasiões, porém, o resto da sua pessoa parecia negar essa intenção. Além do olhar, exibia apenas uma expressão leve e indefinível nos lábios, uma coisa furtiva — um sorriso — um não sorriso — de que me lembro bem mas que não sei explicar. Era inconsciente, aquele sorriso, e sempre se intensificava por um instante depois que ele dizia alguma coisa. Vinha ao final das suas frases como um selo que, aplicado às palavras, fazia a mais banal das expressões parecer absolutamente indecifrável. Ele era um comerciante comum, desde a juventude empregado naquelas partes — nada mais. Era obedecido, mas não inspirava amor e nem mesmo respeito. Inspirava desconforto — era isso. Desconforto. Não uma suspeita clara — só desconforto — e nada mais. Vocês não fazem ideia de como essa... essa... faculdade pode ser eficaz. O homem não tinha nenhum talento especial para a organização, para o comando ou sequer para a ordem. O que certos sinais, como o estado deplorável do posto, deixavam bem claro. Não tinha estudo, não tinha inteligência. Chegara à sua posição — por quê? Talvez porque nunca ficasse doente... Já servira naquele lugar três temporadas de três anos cada... Porque a saúde triunfante, em meio à derrocada geral das constituições, já era um poder em si mesma. Quando ia de folga para a Europa, entregava-se à dissipação em grande escala — o típico marinheiro em terra firme, só que pretensioso — e essa diferença era só na superfície. E disso qualquer um podia saber, com base no que ele costumava revelar em conversas casuais. Jamais construíra ou dera origem a coisa alguma; era capaz de manter a rotina em andamento — e só. Mas era excelente para a posição. E excelente por um único motivo: impossível descobrir o que controlava um homem como ele. Nunca revelava esse segredo. Talvez não tivesse nada dentro de si. E essa suspeita deixava qualquer um na incerteza — porque naquele lugar não havia restrições externas. Certa vez, quando várias doenças tropicais derrubaram quase todos os 'agentes' do posto, ouviram-no dizer: 'Os homens que vêm para cá não deviam ter entranhas'. E arrematou a declaração com aquele seu sorriso, como se fechasse uma porta que dava para a escuridão e ele mantinha sob custódia. Você podia até imaginar que tinha visto alguma coisa — mas a abertura já fora selada. Incomodado à hora das refeições pelas constantes disputas entre os brancos sobre questões de precedência, mandou fazer uma imensa mesa redonda para a qual uma casa especial precisou ser construída. Lá ficou sendo o refeitório do posto. O ponto onde ele se instalava era o lugar mais importante — os demais não eram lugar nenhum. E disso ele parecia inalteravelmente convencido. Não era cortês nem descortês. Guardava silêncio. Permitia que o seu 'garoto' — um jovem negro superalimentado da costa — tratasse os brancos, diante dos seus próprios olhos, com uma insolência provocativa.

"Começou a falar assim que me viu. Eu havia demorado demais na minha viagem. E ele não pôde mais esperar. Tivera de partir sem mim. Os agentes dos postos rio acima precisavam ser rendidos. Os atrasos tinham sido tantos que nem sabia mais quem estava morto ou vivo, e como ia o trabalho deles — e mais isso, e mais aquilo. Não deu nenhuma atenção às explicações que lhe apresentei e, brincando com um bastão de lacre, repetiu várias vezes que a situação era 'muito grave, muito grave'. Havia boatos de que um posto de grande importância estava sob ameaça, e de que o seu chefe, o sr. Kurtz, adoecera. Esperava que não fosse verdade. O sr. Kurtz era... Eu estava cansado, e irritável. Dane-se Kurtz, pensei. Interrompi dizendo que ouvira falar do sr. Kurtz na costa. 'Ah! Quer dizer que falam dele por lá', murmurou para si mesmo. E em seguida recomeçou, garantindo que o sr. Kurtz era o melhor agente que tinha, um homem excepcional, da maior importância para a Companhia; e que por isso eu podia compreender a sua ansiedade. Estava, disse ele, 'muito, muito apreensivo'. Na cadeira, pelo menos, remexia-se com grande agitação. Exclamou: 'Ah, o sr. Kurtz!', partiu em dois o bastão de lacre e pareceu ficar extremamente desconcertado com o acidente. Mas logo em seguida quis saber 'quanto tempo seria necessário para...'. E tornei a interrompê-lo. Por estar faminto, sabem, e também obrigado a me manter de pé, eu estava ficando enraivecido. 'E como posso saber', disse eu. 'Ainda nem vi o que restou do barco. Alguns meses, sem dúvida.' Toda aquela conversa me parecia tão fútil. 'Alguns meses', disse ele. 'Bem, digamos três meses até podermos partir. Sim. Devem ser suficientes, no caso.' Saí impetuosamente da sua cabana (ele vivia sozinho numa cabana de barro com uma espécie de varanda), murmurando entre dentes minha opinião sobre ele. Era um idiota que falava demais. Mais tarde, mudei de opinião quando finalmente não pude deixar de perceber com que extrema precisão ele avaliara o tempo que aquele 'caso' demandava.

"Comecei a trabalhar no dia seguinte, dando, por assim dizer, as costas para aquele posto. E foi só desse modo que me pareceu possível manter-me ligado às coisas compensadoras da vida. Ainda assim, de tempos em tempos é preciso olhar em volta; e então eu via aquele posto, aqueles homens perambulando a esmo pelo pátio ensolarado. E às vezes me perguntava o que tudo aquilo podia significar. Eles vagavam de um lado para o outro com aqueles cajados absurdamente longos nas mãos, como um bando de peregrinos descrentes aprisionados por um feitiço na área rodeada por uma cerca apodrecida. A palavra *marfim* vibrava no ar, era sussurrada, suspirada. Tinha-se a impressão de que era ao marfim que dirigiam as suas preces. Uma aura infecta de rapacidade boçal se espalhava por todo aquele lugar, como o odor que emana de um cadáver. Por Júpiter! Nunca vi nada mais irreal na minha vida. E do lado de fora, as extensões selvagens e silenciosas que cercavam aquela clareira minúscula me pareciam uma coisa imensa e invencível, como o mal ou a verdade, aguardando com toda a paciência o fim daquela invasão grotesca.

"Ah, esses meses! Mas não importa, afinal. Diversas coisas aconteceram. Certa noite, uma cabana de palha repleta de cortes de chita e morim, miçangas e não sei que mais irrompeu num incêndio tão repentino que parecia que a Terra se abrira, mandando um fogo vingador consumir todo aquele lixo. Eu estava fumando o meu cachimbo em silêncio perto do vapor destroçado, e via todos dando cabriolas à luz das chamas com os braços para o alto, quando o sujeito rechonchudo de bigodes apareceu correndo junto ao rio, com um balde de estanho nas mãos, e me garantiu que todos estavam tendo um comportamento 'esplêndido, esplêndido'. Recolheu cerca de um litro de água e saiu correndo de volta. Percebi que havia um furo no fundo do seu balde.

"Subi caminhando. Não havia pressa. Dava para ver que aquilo tudo ardera como uma caixa de fósforos. Desde o início não havia nada a fazer. As chamas subiram depressa, impediram que qualquer um se aproximasse, consumiram tudo — e se extinguiram. A cabana já estava reduzida a um braseiro de brilho feroz. Um negro estava sendo surrado ali perto. Disseram que provocara o incêndio de algum modo; seja como for, ele soltava os guinchos mais horrendos. E eu o vi depois por vários dias, sentado num trecho de sombra, com um ar muito doente e tentando recuperar-se. Mais tarde, ele se levantou e foi embora — e a selva, sem um som, tornou a acolhê-lo em seu seio. Quando eu me aproximava das brasas, vindo do escuro, vi-me às costas de dois homens que conversavam. Ouvi que pronunciavam o nome de Kurtz, e depois as palavras 'tirar vantagem desse acidente infeliz'. Um dos dois homens era o Gerente. Desejei-lhe boa noite. 'O senhor já viu uma coisa assim — hein? é incrível', disse ele, e afastou-se. O outro homem ficou. Era um agente de primeira classe, jovem, muito distinto, um tanto reservado, com uma pequena barba bifurcada e o nariz adunco. Costumava se esquivar dos demais agentes, e eles, pelo seu lado, diziam que ele os espionava para o Gerente. Quanto a mim, quase nunca trocara uma palavra com ele. Começamos a conversar, e aos poucos nos afastamos dos destroços fumegantes. Ele então me convidou a ir até seu quarto, que ficava na unidade principal do posto. Riscou um fósforo, e percebi que aquele jovem aristocrata tinha não só um estojo de toalete adornado de prata como ainda uma vela inteira só para ele. Àquela altura, todos imaginavam que o Gerente era o único homem do posto com direito a velas. Esteiras nativas cobriam as paredes de barro; delas pendia uma coleção de troféus, lanças, azagaias, escudos e facas. A atividade confiada àquele homem era a fabricação de tijolos — foi o que me informaram; mas não havia nenhum caco de tijolo à vista em todo o posto, e já fazia mais de um ano que ele estava lá — esperando. Parece que não podia fabricar tijolos sem alguma coisa, não sei o quê — palha, talvez. De qualquer maneira, era coisa que faltava por lá e, como era improvável que viessem a lhe enviar aquilo da Europa, não entendi muito bem o que ele ainda estava esperando. Um ato especial de criação divina, talvez. De qualquer maneira, todos ali — todos aqueles dezesseis ou vinte peregrinos — estavam à espera de alguma coisa; e posso lhes garantir que não parecia uma ocupação desagradável, pelo modo como a encaravam, embora a única coisa que lhes acontecesse afinal fosse a doença — até onde eu podia ver. Passavam o tempo fomentando tramas e traições uns contra os outros, da maneira mais tola. Uma atmosfera de intriga pairava por todo o posto, o que todavia nunca resultava em nada, claro. Era tão irreal como todo o resto — como a falsa intenção filantrópica do empreendimento, como as suas conversas, como o seu governo, como o trabalho que simulavam realizar. Seu único sentimento real era o desejo de serem indicados para algum posto onde fosse possível obter marfim, a fim de poderem receber as respectivas percentagens. Conspiravam, caluniavam e odiavam-se uns aos outros só por isso — mas quando era o caso de levantar um dedinho que fosse para produzir alguma coisa —

ah, não. Céus! Existe afinal no mundo uma situação que permite a um homem roubar cavalos enquanto outro sequer tem o direito de pôr os olhos num cabresto. Roubar um cavalo com a maior desfaçatez. Pois muito bem, está roubado. Pode ser até que ele saiba montar. Mas existe um modo de olhar para um cabresto que faria o mais caridoso dos santos reagir a pontapés.

"Eu não tinha ideia do motivo para ele se mostrar tão sociável, mas enquanto conversávamos ali ocorreu-me de repente que ele estava tentando chegar a algum lugar — que, na verdade, tentava se inteirar das coisas através de mim. Aludia o tempo todo à Europa, às pessoas de lá que eu devia conhecer — fazendo perguntas sobre os meus conhecidos na cidade sepulcral e assim por diante. Seus olhinhos cintilavam como discos de mica — de curiosidade — embora ele tentasse afetar um certo desinteresse. Num primeiro momento fiquei espantado, mas logo me veio uma grande curiosidade de ver o que ele pretendia descobrir por meu intermédio. Eu não conseguia imaginar o que, em mim, poderia compensar aquele interrogatório. Era muito engraçado vê-lo esfalfar-se em vão, porque na verdade o meu corpo só guardava calafrios, e a minha cabeça, nada além daquela maldita história do barco a vapor. Era evidente que ele me tomava por um prevaricador perfeitamente desavergonhado. Finalmente se irritou e, para esconder um movimento de impaciência raivosa, abriu um bocejo. Levantei-me. E então percebi um pequeno esboço a óleo, pintado num painel de madeira, representando uma mulher que, com um manto e os olhos vendados, carregava uma tocha acesa. O fundo era sombrio — quase negro. O movimento da mulher era imponente, e o efeito da luz da tocha no seu rosto era sinistro.

"A pintura me fascinou, e ele parou cortesmente ao lado do quadro, segurando uma garrafa vazia de quarto de litro de champanhe (receita médica) com a vela enfiada no gargalo. À minha pergunta, respondeu que tinha sido o sr. Kurtz quem pintara aquilo — naquele mesmo posto, mais de um ano antes — enquanto esperava um meio de seguir para o interior. 'Por favor me diga', disse eu, 'quem é esse sr. Kurtz?'

"'O chefe do Posto do Interior', respondeu ele num tom seco, desviando os olhos. 'Muito obrigado', disse eu, rindo. 'E o senhor é o fabricante de tijolos do Posto Central. Disso todo mundo sabe.' Ele ficou calado por algum tempo. 'Ele é um prodígio', disse afinal. 'É um emissário da caridade, da ciência, do progresso, e sabe o diabo do que mais. Para conduzir a causa', começou a declamar de repente, 'que a Europa nos confiou, por assim dizer, precisamos de uma inteligência superior, tocada por uma compaixão de grande alcance, guiada por um único propósito.' 'Quem disse isso?', perguntei. 'Muita gente', foi a resposta. 'Alguns até escreveram; e então *ele* chega aqui, um ser único, como o senhor bem deve saber.' 'E por que eu deveria saber?', interrompi, genuinamente surpreso. Ele não me deu atenção. 'Sim. Hoje ele chefia o melhor posto, ano que vem será gerente adjunto, mais dois anos e... mas acho que o senhor sabe o que ele virá a ser dentro de dois anos. O senhor é da nova turma — a turma da virtude. As mesmas pessoas que cuidaram de mandar Kurtz também recomendaram o senhor. Ah, não me diga que não. Posso confiar nos meus próprios olhos.' E a luz despontou no meu espírito. Os conhecimentos influentes da minha querida tia estavam produzindo um efeito inesperado sobre aquele jovem. E quase prorrompi numa risada. 'O senhor lê a correspondência confidencial da Companhia?', perguntei. Ele ficou mudo. Era muito divertido. 'Quando o sr. Kurtz', continuei, em tom severo, 'for o Gerente Geral, o senhor não terá mais essa oportunidade.'

"Ele soprou bruscamente a vela, e saímos. A lua tinha raiado. Silhuetas negras vagavam de um lado para o outro desalentadas, derramando água no braseiro de onde provinha um chiado sibilante; o vapor se elevava à luz da lua; o negro espancado gemia em algum lugar. 'Quanto barulho faz esse animal!', disse o homem infatigável com seus bigodes, aparecendo perto de nós. 'Pois é bem feito. Erro — castigo — plá! Sem dó nem piedade. É o único jeito. Só assim para prevenir incêndios futuros. Estava agora mesmo dizendo ao Gerente...' Percebeu quem era o meu companheiro, e no mesmo instante lhe caiu a crista. 'Ainda não fomos para a cama', disse ele, com uma espécie de animação servil; 'é tão natural. Ha! Perigo — agitação.' Desapareceu. Caminhei até a beira das águas do rio, seguido pelo outro. Ouvi um comentário áspero murmurado: 'Bando de cretinos — por aqui'. Viam-se os peregrinos em grupos, a gesticular e discutir. Vários ainda traziam seus cajados nas mãos. Acredito que não se separavam deles nem quando iam para a cama. Para além da paliçada, a floresta se erguia espectral ao luar, e ultrapassando aquele burburinho indistinto, infiltrando-se entre os sons fracos daquele pátio lamentável, o silêncio da terra nos atingia em pleno coração — o seu mistério, a sua grandeza, a realidade espantosa da sua vida oculta. O negro machucado gemia baixinho em algum ponto próximo, depois exalou um suspiro profundo que me fez apressar o passo para longe dali. Senti que a mão do sujeito se insinuava por baixo do meu braço. 'Meu caro senhor', disse ele, 'não quero ser mal compreendido, especialmente pelo senhor, que vai ver o sr. Kurtz muito antes que eu possa ter essa satisfação. E não gostaria que ele formasse uma ideia errada sobre as minhas inclinações...'

"Deixei que ele prosseguisse, aquele Mefistófeles de *papier mâché*, e me pareceu que, caso eu quisesse, poderia trespassá-lo com o indicador sem encontrar substância alguma além de uma certa sujeira solta, talvez. Ele, estou lhes dizendo, tinha planos de se tornar gerente adjunto com o tempo, sob o comando do homem atual, e percebi que a chegada daquele Kurtz atrapalhara os dois, e bastante. Ele falava com precipitação, e eu não quis interrompê-lo. Apoiei os ombros nos destroços do vapor, que tínhamos arrastado barranco acima como a carcaça de algum imenso animal do rio. O cheiro da lama, da lama primeva, por Júpiter, enchia as minhas narinas, a extrema quietude da floresta intacta se estendia diante dos meus olhos; manchas de luz tremulavam na negra superfície daquela enseada do rio. A lua espalhara sobre tudo uma fina camada de prata — sobre a relva crescida, sobre a lama, sobre a muralha de vegetação emaranhada que se erguia mais alta que o muro de um templo, sobre o grande rio que eu via através de uma brecha escura cintilando, cintilando, enquanto seguia seu vasto curso sem nem mesmo um murmúrio. Tudo aquilo era grandioso, expectante, silencioso, ao mesmo tempo em que aquele homem matraqueava a respeito de si mesmo. Perguntei-me se devia ver como um apelo ou como uma ameaça o aparente silêncio da imensidão que nos contemplava. O que éramos nós, que tínhamos ido parar ali? Seríamos capazes de dar conta daquela coisa muda, ou era ela que acabaria conosco? E senti como era imensa, diabolicamente imensa, aquela coisa que nada dizia e talvez fosse surda também. O que conteria? Eu via um pouco do marfim que vinha de lá, e ouvira dizer que era a residência do sr. Kurtz. E já escutara muita coisa sobre ele também — sabe Deus! E no entanto, de algum modo, nada do que me diziam evocava uma imagem — não mais do que se me contassem que lá vivia um anjo ou um monstro. Eu acreditava na informação da mesma forma que vocês poderiam acreditar que existem habitantes no planeta Marte. Conheci um escocês que costurava velas de barco e tinha certeza, segurança absoluta, de que existiam habitantes em Marte. Se você lhe pedisse para descrever como eram ou se comportavam, ele se mostrava menos falante e só murmurava algo como 'andam de quatro'. Se você sequer esboçasse um sorriso, ele — embora fosse um homem de sessenta anos — erguia os punhos e o chamava para a briga. Eu não chegaria ao ponto de trocar socos por causa de Kurtz, mas por ele estive bem perto de mentir. Vocês sabem o quanto odeio, detesto e não suporto a mentira, não porque eu seja mais correto que o resto dos homens, mas simplesmente porque ela me causa horror. Existe um ranço de morte, um laivo de mortalidade na mentira — que é exatamente o que eu odeio e detesto no mundo — o que procuro esquecer. Ela me deixa abatido e enojado, como se tivesse abocanhado alguma coisa podre. Temperamento, deve ser. Bem, pois cheguei muito perto de mentir ao deixar aquele jovem idiota crer no que preferia imaginar em relação à minha influência na Europa. De uma hora para outra, eu me transformara numa farsa tão grande quanto o resto dos peregrinos enfeitiçados. E só porque me pareceu que isso poderia ajudar de alguma forma esse Kurtz que, até aquela altura, eu nunca tinha visto — vocês entendem. Para mim ele era apenas uma palavra. Eu não conseguia ver o homem no nome, como vocês tampouco devem poder ver. Será que conseguem vê-lo? Será que entendem a história? Será que conseguem ver alguma coisa? A mim, parece que estou tentando contar-lhes um sonho — em vão, porque nenhum relato de sonho sabe transmitir a sensação do sonho, aquele amálgama de absurdo, surpresa e admiração no tremor de quem se debate, aquela impressão de ter sido capturado pelo inacreditável que é a própria essência dos sonhos..."

Ficou calado por algum tempo.

"... Não, é impossível; é impossível transmitir a sensação vivida de qualquer momento dado da nossa existência — aquilo que constitui a sua verdade, o seu sentido — a sua essência sutil e penetrante. É impossível. Vivemos, como sonhamos — sozinhos..."

Fez uma nova pausa, como se refletisse, e então acrescentou:

"Claro que nisso vocês podem ver mais do que eu via na ocasião. Veem a mim, a quem vocês conhecem..."

A escuridão se aprofundara tanto que nós, os ouvintes, mal conseguíamos nos entrever. Por algum tempo já ele, sentado à parte, transformara-se apenas numa voz para nós outros. Ninguém dizia nada. Os demais podiam estar dormindo, mas eu estava desperto. Eu escutava, escutava, atento à frase, à palavra, que me explicasse o ligeiro desconforto inspirado por aquela narrativa que parecia condensar-se por conta própria, sem a ajuda de lábios humanos, no pesado ar noturno do rio.

"... Sim — deixei", recomeçou Marlow, "que ele continuasse pensando o que quisesse dos poderes que eu teria por trás de mim. Deixei! Quando por trás de mim não havia nada! Nada além daquele vapor maltratado, velho e retorcido em que eu me apoiava, enquanto ele discorria com tanta fluência sobre 'a necessidade que todos têm de progredir'. 'E quando a pessoa vem para cá, o senhor bem pode imaginar, não é para ficar contemplando a lua.' O sr. Kurtz era um 'gênio universal', mas mesmo para um gênio era mais fácil trabalhar com 'ferramentas adequadas — homens inteligentes'. Ele não estava fabricando tijolos —

afinal, havia uma impossibilidade física — como eu bem sabia; se desempenhava funções secretariais para o Gerente, era porque 'nenhum homem sensato rejeita sumariamente a confiança dos seus superiores'. Será que eu não entendia? Sim, eu entendia. E o que mais queria eu? O que eu realmente queria eram rebites, em nome dos Céus! Rebites. Para continuar o meu trabalho — tapar o buraco. Rebites, era o que eu queria. Havia caixotes e mais caixotes de rebites na costa — caixotes — empilhados — repletos — a ponto de rebentar! No terreno daquele posto da encosta, a cada dois passos você tropeçava num rebite solto. Rebites tinham rolado para o arvoredo da morte. Bastava se abaixar para encher os bolsos de rebites — e ali, onde eram necessários, não havia um rebite sequer. Tínhamos chapas de metal que dariam conta do recado, mas nada com que prendê-las. E toda semana o mensageiro, um negro solitário, com a sacola de cartas ao ombro e o cajado nas mãos, deixava o nosso posto rumo à costa. E várias vezes por semana uma caravana da costa chegava carregada de artigos para troca — cortes de chita tingida de uma cor horrenda, que provocava calafrios só de olhar, miçangas de vidro que deviam valer um tostão por litro, lenços horríveis de algodão de bolinhas. Três carregadores poderiam trazer todo o necessário para fazer aquele barco flutuar.

"Agora ele tendia à confidência, mas imagino que a minha atitude pouco calorosa o tenha finalmente exasperado, pois julgou necessário me informar que não temia nem a Deus nem ao diabo, quanto mais a um simples homem. Respondi que isso se via claramente, mas que o que eu desejava era uma certa quantidade de rebites — e que, na verdade, eram rebites que o sr. Kurtz também iria querer, caso se inteirasse dos fatos. Cartas seguiam para a costa toda semana... 'Meu caro senhor', exclamou ele, 'escrevo aquilo que me ditam.' Exigi os rebites. Havia meios — para um homem inteligente. Ele mudou de comportamento; assumiu uma grande frieza e começou de repente a falar sobre um hipopótamo; imaginava se, dormindo a bordo do vapor (eu não me afastava dos meus destroços, noite e dia), eu não seria perturbado. Havia um velho hipopótamo que tinha o mau costume de subir à margem e vagar à noite pelo terreno do posto. Os peregrinos costumavam acorrer em bando e descarregar na direção da fera todos os fuzis em que conseguiam pôr as mãos. Alguns deles tinham chegado a passar noites de vigília à espera da criatura. Toda aquela energia, porém, fora em vão. 'Algum tipo de magia protege a vida daquele animal', disse ele; 'mas neste país isso só acontece com as feras. Nenhum homem — o senhor me compreende? — nenhum homem daqui tem a vida protegida por magia alguma.' Ficou ali parado por um momento à luz da lua, com seu delicado nariz adunco um pouco enviesado e os olhos de mica faiscando sem piscar, e em seguida, com um boa-noite seco, afastou-se. Percebi que ficara nervoso e consideravelmente abalado, o que me deixou mais confiante do que me sentira em muitos dias. Foi um grande consolo trocar a companhia daquele sujeito pelo meu amigo influente, o velho vapor destroçado, retorcido e precário. Subi a bordo. O casco ressoava sob os meus pés como uma lata vazia de biscoitos que você saísse impelindo aos pontapés pela sarjeta; sua constituição não era nada sólida, sua forma não tinha nada de bonito, mas eu empregara naquele barco uma quantidade suficiente de trabalho árduo para começar a amá-lo. Não havia amigo influente que pudesse me servir melhor. Ele me dera a oportunidade de revelar-me um pouco — descobrir do que eu era capaz. Não. Não que eu goste do trabalho. Prefiro me entregar à preguiça e ficar só pensando em todas as coisas que podem ser feitas. Não gosto do trabalho — ninguém gosta — mas gosto do que o trabalho proporciona — a oportunidade de se encontrar. A sua própria realidade — para você, não para os outros — que nenhum outro homem jamais terá como conhecer. Os outros só enxergam a mera aparência, e jamais sabem o que a pessoa de fato sente.

"Não fiquei surpreso de encontrar alguém sentado no convés junto à popa, com as pernas pendendo sobre a lama. Sabe, eu tinha criado uma certa camaradagem com alguns dos mecânicos que havia no posto, a quem os outros peregrinos naturalmente desprezavam — em virtude, suponho, do quanto os seus modos deixavam a desejar. E esse era o capataz — por ofício um caldeireiro —, um bom trabalhador. Era um homem magro, ossudo, de rosto amarelo, com olhos grandes e intensos. Seu semblante era preocupado, e a cabeça, calva como a palma da minha mão; mas os cabelos, ao abandonarem o crânio, pareciam ter ficado apegados ao seu queixo, prosperando na área nova, visto que a barba lhe descia até a cintura. Era viúvo, tinha seis filhos pequenos (que deixara aos cuidados de uma irmã), e a paixão da sua vida era a criação de pombos. Era um entusiasta, e entendia muito do assunto. Era louco por pombos. Depois do horário de trabalho, às vezes vinha da sua cabana conversar sobre os seus filhos e os seus pombos; no trabalho, quando precisava se arrastar pela lama debaixo do casco do vapor, embrulhava aquela barba numa espécie de guardanapo branco, com alças que o prendiam atrás das orelhas, que carregava consigo especialmente para isso. À noite, sempre podia ser visto agachado à beira da água, lavando com grande cuidado aquele pano, que depois estendia solenemente num arbusto para secar.

"Dei-lhe um tapa nas costas e gritei: 'Vamos receber os rebites!'. E ele se levantou de um salto, exclamando: 'Não! Os rebites!', como se não pudesse acreditar no que estava ouvindo. E então, numa voz mais baixa: 'Você... hein?'. E não sei por quê, mas nos comportamos como dois lunáticos. Eu pus o dedo do lado do nariz e assenti com a cabeça, fazendo ar de mistério. 'Muito bem!', gritou ele, estalando os dedos por cima da cabeça e erguendo um dos pés. Tentei uma jiga. Começamos a pular no convés de ferro. Aquele casco produzia um barulho assustador, e a floresta virgem na margem oposta da enseada devolveu uma trovoada ensurdecedora ao posto adormecido. Deve ter feito alguns dos peregrinos se levantarem em suas palhoças. Uma silhueta escura se destacou contra a porta iluminada da cabana do Gerente, desapareceu, e depois, mais ou menos um segundo depois, a própria porta também desapareceu. Paramos de pular, e o silêncio enxotado pelas pancadas dos nossos pés tornou a refluir dos recessos da Terra. A alta muralha de vegetação, aquela massa exuberante e emaranhada de troncos, galhos, folhas, ramos e cipós, imóvel ao luar, parecia uma turbulenta enxurrada de vida muda, um vagalhão de plantas acumuladas, erguido, prestes a se quebrar sobre aquela enseada do rio e nos levar de roldão, dando cabo das nossas ínfimas existências humanas. Mas não se movia. Uma explosão amortecida de água espadanando e rugidos nos alcançou vinda de longe, como se um ictiossauro tivesse decidido emergir à superfície cintilante do grande rio. 'Afinal', disse o caldeireiro num tom razoável, 'por que não haveríamos de conseguir os nossos rebites?' Por que não, de fato? Eu não sabia de nenhum motivo para que não chegassem. 'Estarão aqui dentro de três semanas', afirmei, confiante.

"Mas não chegaram. Em vez dos rebites tivemos uma invasão, um flagelo, uma visitação. Chegou em partes ao longo das três semanas seguintes, cada uma delas encabeçada por um jumento cavalgado por um homem branco de roupas novas e sapatos de couro amarelo, que do alto da montaria saudava os peregrinos impressionados com acenos de cabeça à direita e à esquerda. Um bando belicoso de negros contrariados, com os pés doendo, vinha seguindo nos calcanhares do jumento; muitas tendas, bancos dobráveis, arcas de metal, caixas brancas, fardos marrons foram sendo despejados no pátio, e no posto o ar de mistério se adensava acima daquele tumulto. Recebemos cinco desses grupos, com seu ar absurdo de fuga desordenada e trazendo o butim de vários depósitos de roupas e víveres que, era a impressão que se tinha, aqueles homens se tinham refugiado na selva para dividir em partes iguais depois da pilhagem. Era uma desordem inextricável de coisas em princípio decentes, mas que por força da estupidez humana acabavam parecendo os despojos de algum assalto.

"Aquele bando contrito atendia pelo nome de Expedição de Exploração do Eldorado, e imagino que tinham sido obrigados a um voto de silêncio. A linguagem que usavam, contudo, era a dos bucaneiros mais sórdidos: descuidada sem ousadia, gananciosa sem audácia e cruel sem coragem; não havia um átomo de antevisão ou de intenção séria em qualquer um deles, e não davam o menor sinal de perceber que tanto uma como a outra são necessárias para as obras deste mundo. Arrancar tesouros das entranhas da Terra era o seu desejo, e por trás do projeto não havia mais finalidade moral que entre os arrombadores de um cofre. Quem pagava as despesas daquela nobre expedição, eu não sei; mas era o tio do nosso Gerente quem chefiava o bando.

"Sua aparência era a de um açougueiro de bairro pobre, e os seus olhos exibiam um ar de esperteza sonolenta. Carregava a pança enorme com ostentação sobre as pernas curtas, e durante todo o período em que a sua horda infestou o posto não falava com mais ninguém além do sobrinho. Os dois podiam ser vistos perambulando pelo terreno do posto o dia inteiro, com as cabeças muito próximas, entregues a uma confabulação interminável.

"Eu desistira de me preocupar com os rebites. A capacidade que temos para esse tipo de loucura é mais limitada do que se imagina. Eu disse: 'Que se dane!' — e deixei que as coisas seguissem o seu curso. Tinha tempo de sobra para meditar, e a intervalos dedicava alguns pensamentos a Kurtz. Não me interessava muito por ele. Não. Ainda assim, estava curioso de ver se aquele homem, que viera até ali equipado com algum tipo de ideia moral, conseguiria de fato chegar até o cargo mais alto, e como haveria de trabalhar a partir de então."

2

"UMA NOITE, DEITADO DE COSTAS no convés do meu vapor, ouvi vozes que se aproximavam — e lá vinham o sobrinho e o tio caminhando pela beira da água. Voltei a apoiar a cabeça no braço, e quase tornara a me perder num cochilo quando alguém disse, praticamente no meu ouvido: 'Sou tão inofensivo quanto uma criancinha, mas não gosto que me ditem ordens. Sou o Gerente — ou não sou? E recebi ordens de mandá-lo para lá. É inacreditável...'. Percebi que os dois estavam parados na margem, bem perto da proa do vapor, logo abaixo da minha cabeça. Não me mexi; nem me ocorreu fazer qualquer movimento: estava com sono. 'É mesmo desagradável', grunhiu o tio. 'Ele pediu que a Administração o mandasse para lá', respondeu o outro, 'com a ideia de mostrar do que é capaz; e isso é confirmado pelas instruções que eu recebi. Veja só a influência que esse homem deve ter. Não é de dar medo?' Os dois concordaram que dava medo, e em seguida fizeram várias afirmações bizarras: 'Chova ou faça sol — um homem — o Conselho — pelo nariz' — fragmentos de frases absurdas que acabaram derrotando o meu cansaço, de maneira que eu já tinha quase recuperado a plenitude dos sentidos quando o tio disse: 'O clima pode dar conta dessa dificuldade por você. Ele está sozinho lá?'. 'Está', respondeu o Gerente; 'mandou o assistente dele descer o rio com um bilhete para mim nos seguintes termos: "Mande este pobre-diabo para fora do país, e nem se dê o trabalho de me enviar um outro do mesmo calibre. Prefiro ficar sozinho do que contar com homens da espécie que o senhor dispõe". E isso mais de um ano atrás. Pode imaginar tamanho atrevimento?' 'E de lá para cá, mais alguma coisa?', perguntou o outro, com voz rouca. 'Marfim', rebateu o sobrinho; 'aos montes — e da melhor qualidade — montes — o que é muito incômodo, vindo dele.' 'E junto com o marfim?', interrogou o ronco surdo. 'O recibo', foi a resposta disparada, por assim dizer. E depois o silêncio. Estavam falando de Kurtz.

"A essa altura eu já estava totalmente desperto, mas, deitado numa posição confortável, permaneci imóvel, sem motivo algum para mudar de posição. 'E como foi que esse marfim veio de tão longe?', grunhiu o homem mais velho, que parecia muito contrariado. O outro explicou que fora trazido por uma frota de canoas a cargo daquele funcionário inglês mestiço que Kurtz mantinha; que aparentemente Kurtz planejara vir em pessoa entregar o marfim, uma vez que àquela altura o seu posto já não tinha mantimentos nem mercadorias em estoque, mas que depois de percorrer quinhentos quilômetros decidira subitamente voltar, e empreendera a viagem sozinho numa canoa pequena com quatro remadores, deixando por conta do mestiço seguir descendo o rio com o marfim. E aqueles dois sujeitos ali pareciam atônitos com o fato de alguém tomar uma decisão desse tipo. Não conseguiam imaginar um motivo que a justificasse. Quanto a mim, foi a primeira vez que me pareceu ter visto Kurtz. Tive um vislumbre claro: a canoa, quatro selvagens nos remos, e o branco solitário que decidia bruscamente dar as costas ao quartel-general, à ideia de ser substituído, às lembranças da terra natal, talvez, tomando o rumo das profundezas da selva, do seu posto vazio e solitário. Eu não sabia por qual motivo. Talvez ele fosse apenas um sujeito excelente, apegado ao trabalho pelo trabalho. O nome dele, vocês entendem, não fora pronunciado uma só vez. Diziam só 'aquele homem'. E o mestiço que, até onde eu sabia, tinha levado a termo a difícil viagem com grande prudência e determinação, era invariavelmente referido como 'aquele patife'. O 'patife' relatara que o 'homem' havia estado muito doente — e só tivera uma recuperação incompleta... Os dois homens abaixo de mim se afastaram alguns passos, e puseram-se a perambular de um lado para o outro a uma certa distância. Ouvi: 'Guarnição militar — médico — trezentos quilômetros — hoje totalmente só — atrasos inevitáveis — nove meses — sem notícias — rumores estranhos'. E tornaram a se aproximar, bem no momento em que o Gerente dizia: 'Ninguém, que eu saiba, além de uma espécie de mercador errante — um sujeito infecto, que se apodera do marfim dos nativos'. De quem estariam falando agora? Percebi por fragmentos que devia ser algum homem que se encontrava no território de Kurtz, e de quem o Gerente não gostava. 'Só vamos nos livrar da concorrência desleal quando um desses sujeitos for enforcado para servir de exemplo', disse ele. 'Isso mesmo', grunhiu o outro, 'enforque logo o homem! Por que não? Qualquer coisa — qualquer coisa pode ser feita neste país. É o que eu digo sempre; ninguém daqui, entende, *daqui*, pode ameaçar a sua posição. E sabe por quê? Porque você suporta o clima — você sobrevive a todos eles. O perigo está na Europa; mas lá, antes de partir, tomei o cuidado de...' Afastaram-se trocando sussurros, e em seguida suas vozes tornaram a se fazer ouvir. 'Esta série extraordinária de atrasos não é culpa minha. Eu fiz o possível.' O gordo suspirou. 'É muito triste.' 'E o absurdo das coisas venenosas que ele diz', continuou o outro; 'ele me incomodou um bocado quando esteve aqui. "Cada posto devia ser como um farol, demarcando o caminho para tempos melhores, um centro de comércio, claro, mas também de humanização, de progresso, de instrução." Imagine só — aquele asno! E quer chegar a gerente! Não, é...' E aqui quase sufocou, de tão indignado; levantei um pouco a cabeça. E fiquei surpreso de ver como os dois estavam perto — logo abaixo de mim. Eu poderia ter cuspido nos seus chapéus. Eles olhavam para o chão, absortos nos seus pensamentos. O Gerente açoitava a própria perna com um galho muito fino; seu ladino parente ergueu a cabeça. 'Você tem passado bem desde que chegou dessa vez?', perguntou. O outro teve um sobressalto. 'Quem? Eu? Ora! Perfeitamente — perfeitamente bem. Mas os outros — ah, meu Deus! Todos doentes. E morrem tão depressa, também, que nem tenho tempo de mandá-los para fora do país — é inacreditável!' 'Hum. Justamente', grunhiu o tio. 'Ah! Meu rapaz, conte com isso — é o que lhe digo, conte sempre com isso.' Eu o vi estender o braço que lembrava uma barbatana curta num gesto que abarcava a floresta, a enseada, a lama, o rio — um floreio nefasto perante a face ensolarada daquela terra, lembrando uma invocação traiçoeira à morte de tocaia, ao mal oculto, às trevas profundas do coração da selva. Foi tão espantoso que me pus de pé de um salto e dirigi o olhar para a beira da floresta, como se esperasse ver algum tipo de resposta àquela negra manifestação de confiança. Vocês sabem como às vezes nos ocorrem ideias idiotas. O silêncio altaneiro confrontava aquelas duas figuras com sua paciência carregada de maus presságios, esperando o fim daquela invasão absurda.

"Os dois emitiram impropérios quase aos gritos — de puro susto, eu diria — e depois, fingindo não terem percebido a minha existência, caminharam de volta na direção do posto. O sol estava baixo; e inclinados para a frente, lado a lado, pareciam arrastar pesadamente ladeira acima suas sombras de comprimento ridiculamente desigual, sombras que os perseguiam lentas, deslizando em meio à relva alta sem perturbar uma única folha.

"Dali a alguns dias a Expedição Eldorado penetrou na selva paciente, que se fechou novamente atrás deles como as águas do mar à passagem de um mergulhador. Muito mais tarde, chegou-nos a notícia de quc todos os jumentos tinham morrido. Não sei nada sobre a sorte dos animais menos valiosos. Eles, sem dúvida, como o resto de nós, acabaram por ter a sorte merecida. Não perguntei. Na ocasião, estava muito animado com a perspectiva de encontrar Kurtz dali a pouco tempo. E quando digo pouco tempo falo em termos comparativos. Passaram-se apenas dois meses entre o dia em que deixamos a nossa enseada no rio e a chegada às margens junto ao posto de Kurtz.

"Subir aquele rio era como viajar de volta aos primórdios da existência do mundo, quando a vegetação cobria a Terra em desordem e árvores imensas reinavam nas matas. Um curso de água intacto, um grande silêncio, uma floresta impenetrável. O ar era quente, denso, pesado, inerte. Não havia alegria alguma no brilho da luz do sol. Os longos trechos de rio se estendiam, desertos, até a escuridão das distâncias envoltas em sombras.

Em bancos de areia prateada, hipopótamos e crocodilos tomavam sol lado a lado. O leito cada vez mais largo do rio corria pelo meio da multidão de ilhas arborizadas. Era tão fácil perder-se naquele rio quanto num deserto, e você passava o dia inteiro raspando o fundo do barco nos baixios, tentando encontrar o canal, até achar que tinha sofrido algum feitiço e fora separado para sempre de tudo que algum dia conhecera — em algum lugar — muito distante — numa outra existência, talvez. Havia momentos em que o passado me tomava de assalto, como ocorre às vezes quando você não tem um momento sequer para si mesmo; mas chegava na forma de um sonho inquieto e ruidoso, rememorado com espanto em meio às realidades avassaladoras daquele estranho mundo de plantas, água e silêncio. E essa calmaria da vida em nada lembrava a paz. Era a calma de uma força impiedosa, pairando acima de uma intenção inescrutável. Ela nos contemplava com uma expressão de vingança. Mais tarde acostumei-me a ela. Já nem mesmo a percebia. Não tinha tempo. Precisava tentar adivinhar o tempo todo onde estaria o canal; precisava discernir, usando sobretudo a inspiração, os sinais das margens ocultas; concentrava a atenção nas pedras submersas; aprendia a cerrar os dentes bem a tempo de impedir que meu coração saísse pela boca, cada vez que por sorte passava raspando por algum maldito velho tronco submerso que teria rasgado o casco do velho vapor, afogando todos os peregrinos; e ainda precisava ficar alerta, à procura de árvores caídas nas margens que pudéssemos cortar à noite para usar na fornalha no dia seguinte. Quando você precisa atentar para coisas desse tipo, os menores incidentes da superfície, a realidade — a realidade, eis o que estou lhes dizendo — acaba desaparecendo. A verdade interior se esconde — felizmente, felizmente. Mas eu a sentia mesmo assim; sentia muitas vezes aquela calma misteriosa que assistia às minhas cabriolas simiescas, assim como assiste a vocês quando se apresentam nas suas respectivas cordas bambas por — por quanto mesmo? por meia coroa cada salto..."

"Tenha modos, Marlow", grunhiu uma voz, e constatei que havia pelo menos mais um ouvinte acordado além de mim.

"Desculpem. Esqueci a dor no coração que constitui o resto do preço. E será que o preço tem alguma importância, contanto que o número seja bem executado? Vocês se desincumbem muito bem dos seus. E também não me saí mal, pois consegui não afundar aquele vapor na minha primeira viagem. E até hoje ainda me admiro. Imaginem um homem de olhos vendados, conduzindo uma carroça numa estrada precária. A tarefa me fazia suar e tremer consideravelmente, isso eu lhes garanto. Afinal, para um homem do mar, sentir raspar sob os seus cuidados o fundo daquilo que devia manter-se à flor da água o tempo todo é um pecado imperdoável. Ninguém mais percebe, mas você nunca se esquece do impacto — não é? Um golpe direto no coração. Você se lembra dele, sonha com o momento, acorda no meio da noite e não consegue tirá-lo da cabeça — anos depois, o corpo ainda fica todo quente e depois gelado. Não vou dizer que o vapor tenha flutuado o tempo todo. Mais de uma vez precisou ser empurrado por alguma distância, com vinte canibais chapinhando e fazendo força. No caminho, convocamos alguns desses sujeitos para servirem de tripulação. Homens corretos — os canibais — no seu devido lugar. Com eles se podia trabalhar, e sou-lhes agradecido. E afinal, não se entredevoraram debaixo das minhas vistas: embarcaram com uma provisão de carne de hipopótamo, que acabou apodrecendo e levando às minhas narinas a catinga dos mistérios da selva. Arre! Ainda sinto aquele fedor. Eu levava o Gerente a bordo, e mais três ou quatro peregrinos com os seus cajados — o equipamento completo. Às vezes chegávamos a algum posto próximo à margem, agarrado à fímbria do desconhecido, e os homens brancos que saíam correndo das choupanas improvisadas, com grandes manifestações de alegria, surpresa e boas-vindas, tinham sempre um ar muito estranho; davam a impressão de ter sido aprisionados ali por algum feitiço. A palavra *marfim* ressoava no ar por algum tempo — e seguíamos em frente rumo ao silêncio, singrando extensos trechos vazios, contornando as curvas tranquilas, navegando entre os altos desfiladeiros que ladeavam os meandros do nosso caminho, produzindo uma reverberação de pancadas secas com as batidas pesadas da roda de popa na água. Árvores, árvores, milhões de árvores, volumosas, imensas, altíssimas; e aos seus pés, avançando colado às margens contra a corrente, resfolegava o pequeno vapor coberto de fuligem, como um lentíssimo besouro a se arrastar pela soleira de um portal majestoso. Tínhamos uma sensação de extrema pequenez, de estarmos muito perdidos, mas ainda assim não era uma sensação de todo deprimente. Afinal, embora pequeno, o besouro fuliginoso continuava a se arrastar para diante — exatamente como queríamos. Para onde julgavam os peregrinos que ele se arrastava, eu não sei. Até algum lugar onde podiam esperar algum ganho, isso eu aposto! Para mim, ele se arrastava rumo a Kurtz — exclusivamente; mas quando a tubulação de vapor começou a vazar, o nosso avanço tornou-se muito lento. O curso do rio se abria diante de nós e depois se fechava à nossa passagem, como se a floresta cerrasse fileiras calmamente por sobre as águas para barrar nosso caminho de volta. Penetrávamos mais e mais fundo no coração das trevas. E o silêncio ali era imenso. À noite, vez por outra, o toque dos tambores ocultos pela cortina de árvores se estendia rio acima e permanecia debilmente suspenso, como que pairando no ar sobre as nossas cabeças, até o raiar do dia. Se significava guerra, paz ou oração, não tínhamos como saber. Pouco antes da aurora, baixava uma fria quietude; os lenhadores dormiam, suas fogueiras ardiam muito fracas; qualquer galho partido causava um sobressalto. Viajávamos pela Terra pré-histórica, uma Terra que tinha o aspecto de um planeta desconhecido. Era possível nos imaginarmos como os primeiros homens tomando posse de uma herança maldita, uma herança que precisavam domar ao preço de uma angústia profunda e de um labor infindável. Mas de tempos em tempos, quando fazíamos uma curva do rio, percebíamos um vislumbre de uma paliçada de junco, tetos de palha em ponta, uma irrupção de gritos, um redemoinho de membros negros, incontáveis mãos batendo palmas, pés golpeando o chão, corpos em movimento, os olhos girando nas órbitas, sob a cobertura de uma folhagem pesada e imóvel. O vapor avançava a custo, bem devagar, ao longo das bordas de um frenesi negro e incompreensível. O homem pré-histórico nos amaldiçoava, rezava para nós, dava-nos as boas-vindas — quem saberia dizer? A compreensão do que nos cercava fugia do nosso alcance; avançávamos deslizando como fantasmas, admirados e intimamente assustados, a reação de qualquer homem sensato diante de uma irrupção exaltada entre os pacientes de um hospício. Não tínhamos como compreender porque havíamos ido longe demais, e não tínhamos como recordar porque atravessávamos a noite das primeiras eras, as eras que não nos deixaram sinal algum — e nenhuma memória.

"A Terra era irreconhecível. Estamos acostumados a contemplar a forma agrilhoada de um monstro vencido, mas ali — ali podíamos ver a monstruosidade à solta. Não era uma coisa deste mundo, e os homens... Não, não eram desumanos. Bem, vocês sabem, era isso o pior de tudo — essa desconfiança de que não fossem desumanos. Era uma ideia que nos ocorria aos poucos. Eles berravam, saltavam, rodopiavam e faziam caretas horríveis; mas o que mais impressionava era a simples ideia de que eram dotados de uma humanidade — como a nossa — a ideia do nosso parentesco remoto com toda aquela comoção selvagem e passional. Feia. Sim, era muito feia; mas você, se for homem bastante, reconhece intimamente no fundo de si um vestígio ainda que tênue de resposta à terrível franqueza daquele som, uma suspeita vaga de que haja ali um significado que você — você, tão distante da noite das primeiras eras — talvez seja capaz de compreender. E por que não? O espírito do homem tudo pode — porque tudo está contido nele, tanto a totalidade do passado como o futuro inteiro. O que havia ali, afinal? Alegria, medo, tristeza, devoção, coragem, raiva — quem saberá dizer? — mas a verdade — a verdade, despojada das vestes do tempo. Os idiotas que abram a boca e estremeçam — o homem sabe, e é capaz de erguer os olhos sem pestanejar. Mas precisa ser pelo menos tão homem quanto aqueles que víamos pelas margens. Precisa cotejar aquela verdade com o quanto de verdade existe nele — a sua própria força inata. Princípios? Os princípios não funcionam. As aquisições, as roupas, tudo belos panos — panos que se desprendem, e o vento leva no primeiro embate. Não. O que você quer é uma crença deliberada. Existe um apelo, que me diz alguma coisa, no meio daquele tumulto demoníaco? Pois muito bem. Ele chega a mim, admito, mas também tenho uma voz e, para o bem ou para o mal, minha palavra não pode ser silenciada. Um idiota, naturalmente, devido ao puro medo e aos bons sentimentos, estará sempre em segurança. Quem grunhiu? Vocês se perguntam se por acaso não desci em terra para berrar e dançar um pouco? Bem, não — não desci. Os belos sentimentos, dizem vocês? Pois ao diabo com os belos sentimentos! O que eu não tive foi tempo. Precisava usar chumbo de solda e tiras rasgadas de cobertor de lã para tentar conter os vazamentos dos tubos de vapor — é o que estou lhes dizendo. Precisava cuidar do leme, contornar os troncos afundados e manter aquela lata-velha flutuando por bem ou por mal. Havia suficiente verdade superficial nessas coisas para manter a salvo um homem mais sensato. E eu ainda precisava tomar conta do selvagem que fazia as vezes de foguista. Era um espécime evoluído; sabia manter acesa uma caldeira vertical. Ficava logo abaixo de mim, e, dou-lhes a minha palavra, vê-lo trabalhar era tão edificante quanto assistir a um cão andar nas patas traseiras, vestindo uma paródia de calças e um chapéu de plumas. Alguns meses de treinamento haviam bastado àquele excelente sujeito. Ele fitava o manômetro e o indicador da água com os olhos apertados e um evidente esforço de intrepidez — e tinha os dentes limados também, o pobre-diabo, os cachos do cabelo cortados num estranho padrão, além de três cicatrizes ornamentais em cada face. Àquela altura, deveria estar sapateando e batendo palmas nas margens, mas em vez disso trabalhava duro, escravizado por uma estranha feitiçaria pejada de saber e progresso. Era útil porque fora instruído; e o que ele sabia era o seguinte — se a água desaparecesse daquela coisa transparente, o espírito mau que vivia na caldeira ficaria furioso com a intensidade da sua sede, vingando-se da maneira mais terrível. E por isso ele suava, alimentava o fogo e não parava de olhar com medo para aquele vidro (com um amuleto improvisado, feito de trapos, amarrado ao braço, e um pedaço de osso polido, do tamanho de um relógio, enfiado horizontalmente no lábio inferior), enquanto as margens cobertas de florestas desdobravam-se devagar à nossa frente, todo aquele tumulto ficava para trás, mais quilômetros intermináveis de silêncio — e continuávamos avançando a custo, na direção de Kurtz. Mas os troncos afundados eram grossos, a água era rasa e traiçoeira, a caldeira parecia de fato possuída por um demônio mal-intencionado, e assim nem o foguista e nem eu tínhamos tempo de contemplar nossos pensamentos mais inquietantes.

"Menos de cem quilômetros abaixo do Posto do Interior, chegamos a uma cabana de junco ao lado de um mastro torto e melancólico, ostentando os frangalhos irreconhecíveis do que fora algum tipo de bandeira, e uma pilha de lenha bem arrumada. Uma visão surpreendente. Subimos à margem, e em cima da pilha de lenha encontramos uma tábua com alguma coisa desbotada escrita a lápis. Decifrada, a mensagem dizia: 'Lenha para vocês. Depressa. Aproximem-se com cautela'. Havia uma assinatura, mas era ilegível — não Kurtz — um nome bem mais comprido. Depressa. O quê? Rio acima? 'Aproximem-se com cautela.' Não era como chegáramos ali. Mas o aviso não podia dizer respeito àquele lugar, onde ele só podia ser lido depois de nos aproximarmos. Havia algo errado mais acima. Mas o quê — e quanto? Eis a questão. Comentamos em tom amargo a estupidez daquele estilo telegráfico. A mata em volta não dizia nada, e tampouco nos deixava avistar muito longe. Uma cortina rasgada de sarja vermelha pendia na entrada da cabana, e adejava tristemente diante dos nossos olhos. A habitação estava desmontada; mas dava para ver que um branco vivera ali havia pouco tempo. Restara uma mesa grosseira — uma prancha apoiada em dois pilares; uma pilha de coisas inúteis jazia num canto escuro e, junto à porta, encontrei um livro. Perdera as capas, e as páginas tinham sido folheadas até chegar a um estado de amolecimento extremamente sujo; mas a lombada fora amorosamente recosturada com linha branca de algodão, que ainda parecia limpa. Era um achado extraordinário. Seu título era

Investigação sobre algumas questões de navegação marítima,* escrito por um homem chamado Towser, ou Towson — um nome assim — capitão da Marinha Mercante de Sua Majestade. Parecia uma leitura de extrema aridez, com diagramas ilustrativos e repulsivas tabelas de números, e aquele exemplar tinha sessenta anos de idade. Manipulei essa incrível antiguidade com o maior carinho possível, temendo que se desmanchasse nas minhas mãos. Nas suas páginas, Towson ou Towser discutia com a maior seriedade qual seria a força necessária para rebentar as correntes ou o cordame dos navios, e outros assuntos do mesmo calibre. Não era um livro muito fascinante; mas à primeira vista percebia-se ali uma determinação, uma preocupação honesta com a maneira certa de se fazer um trabalho, que dava àquelas humildes páginas, concebidas tantos anos antes, um brilho mais que apenas profissional. O simples velho marujo, com as suas lições sobre correntes e polias, fez-me esquecer a selva e os peregrinos, dando-me a deliciosa sensação de ter-me deparado com uma coisa inconfundivelmente real. Que um tal livro se encontrasse ali já era um prodígio; e ainda mais espantosas eram as anotações feitas a lápis nas suas margens, e claramente relacionadas ao texto. Não acreditei no que vi! Estavam em código! Sim, parecia um código. Imaginem só, um homem levar consigo um livro dessa ordem para aquelas paragens esquecidas, estudá-lo — e tomar notas — ainda por cima em código! Era um mistério extraordinário.

* O título do livro de "Towser, ou Towson", no original, é *An inquiry into some points of seamanship*; alguma pesquisa que fiz revelou apenas o livro *An inquiry relative to various important points of seamanship considered as a branch of practical science*, de Nicholas Tinmouth, publicado em Londres (ed. Joseph Masters) em 1845 — data que concorda com a mencionada na novela; além disso, a ficha corresponde bem de perto à descrição de Conrad. Existe ainda um John Thomas Towson, provavelmente americano, que escreveu vários livros sobre assuntos navais em meados do século XIX, mas nenhum dos títulos registrados na Biblioteca do Congresso corresponde ao citado pelo autor. (N. T.)

"Já fazia algum tempo que eu percebia vagamente um som perturbador e, quando levantei os olhos, vi que a pilha de lenha desaparecera enquanto o Gerente, ajudado pelos peregrinos, chamava-me aos gritos da margem do rio. Enfiei o livro no bolso. E lhes garanto que abandonar aquela leitura foi como ser apartado à força do conforto de uma velha e sólida amizade.

"E dei a partida no motor estropiado. 'Deve ser o tal mercador miserável — esse intruso', exclamou o Gerente, olhando com ar malévolo para o lugar que acabáramos de deixar. 'E deve ser inglês', disse eu. 'O que não vai mantê-lo a salvo de problemas, se não tomar cuidado', murmurou o Gerente em tom soturno. Observei com inocência fingida que nenhum homem está a salvo de problemas neste mundo.

"A corrente agora era mais rápida, o vapor parecia nos últimos arquejos, a roda de popa atacava a água com indolência, e me surpreendi esperando em segredo a pancada de cada pá seguinte da roda, pois esperava que aquela máquina infeliz sucumbisse a qualquer momento. Era como assistir aos últimos estertores de uma vida. Mas ainda assim nos arrastávamos em frente. Às vezes eu escolhia uma certa árvore um pouco mais adiante para medir o nosso avanço rumo a Kurtz, mas toda vez esquecia qual era antes de emparelharmos com ela. Ficar tanto tempo assim com os olhos fixos numa coisa era esforço demais para a paciência humana. O Gerente dava mostras de uma resignação magnífica. Eu me agitava, me irritava, e comecei a debater comigo mesmo se iria ou não conversar abertamente com Kurtz, mas antes que pudesse chegar a alguma conclusão ocorreu-me que falar ou ficar calado, na verdade qualquer ação minha, seria totalmente em vão. Que diferença fazia, o que as pessoas sabiam ou ignoravam? Que diferença fazia quem era o gerente? Às vezes temos esses clarões de percepção súbita. As entranhas desse caso residiam bem abaixo da superfície, fora do meu alcance e muito além do meu poder de interferência.

"Ao cair da tarde do segundo dia, calculamos que devíamos estar a uns doze quilômetros do posto de Kurtz. Eu quis seguir em frente; mas o Gerente fez uma expressão grave e me disse que a navegação naquele trecho era tão perigosa que o mais recomendável, como o sol já estava tão baixo, seria esperar ali mesmo até a manhã seguinte. Além disso, assinalou que, em obediência ao aviso que nos recomendava cautela, devíamos aproximar-nos à luz do dia — e não ao crepúsculo, ou muito menos no escuro. O que era bastante sensato. Doze quilômetros significavam para nós quase três horas de navegação, e eu via algumas ondulações suspeitas mais adiante, no trecho de rio que a vista alcançava. Ainda assim, fiquei mais aborrecido do que saberia explicar com aquele atraso, da maneira mais irracional, pois uma noite a mais não faria grande diferença ao fim de tantos meses. Como tínhamos lenha de sobra e a ordem era cautela, ancorei o barco no meio do rio. O curso ali era estreito, reto, com barrancas muito altas, como num corte feito para a passagem de uma ferrovia. A escuridão começou a se espalhar à nossa volta bem antes de o sol se pôr. A correnteza era suave e rápida, mas havia uma imobilidade muda instalada junto às margens. As árvores vivas amarradas umas às outras pelos cipós, e todas as plantas vivas que cresciam à sua sombra, pareciam ter sido transformadas em pedra, até o mais fino dos ramos, até a mais leve das folhas. Não era sono — era antes uma imobilidade fora do normal, como um estado de transe. Não se ouvia nem o mais leve som de qualquer tipo. Você olhava, admirado, e suspeitava que tivesse ficado surdo — e então a noite caiu de chofre e nos deixou cegos também. Por volta das três da manhã, algum peixe grande pulou para fora da água, e o barulho me acordou em sobressalto, como se fosse o disparo de uma arma. Quando o sol nasceu, revelou uma cerração branca, muito quente e pegajosa, e mais cegante ainda do que a noite. Não se deslocava nem avançava; apenas permanecia parada ali, cercando-nos por todos os lados como alguma substância sólida. Às oito ou nove horas, talvez, ergueu-se como uma cortina se levanta. Tivemos uma visão da infinidade altíssima de árvores, da imensa selva emaranhada, com a pequena bola ardente do sol pairando no alto — tudo perfeitamente imóvel — e então a cortina branca tornou a descer, suavemente, como se deslizasse por trilhos bem azeitados. Dei ordem de voltarem a baixar a corrente da âncora, que começara a ser recolhida. Antes que ela tocasse o fundo com um chacoalhar abafado, um grito, um grito muito alto, de uma desolação infinita, ergueu-se aos poucos no ar opaco. E cessou. Um clamor queixoso, modulado em dissonâncias selvagens, encheu os nossos ouvidos. Foi tão inesperado que fez meus cabelos se levantarem debaixo do chapéu. Não sei como afetou os demais: minha impressão foi que o próprio nevoeiro tinha gritado, tão súbito, e de todos os lados ao mesmo tempo, ergueu-se aquele lúgubre alvoroço. Culminou com uma irrupção acelerada de berros quase intoleravelmente excessivos, que cessaram de chofre, deixando-nos paralisados numa série de atitudes ridículas, obstinando-nos em atentar para um silêncio que era quase igualmente excessivo e assustador. 'Santo Deus! Que significa...', gaguejou ao meu lado um dos peregrinos, um sujeitinho gorducho, com cabelos ruivos claros e suíças vermelhas, que usava botas com reforços metálicos dos lados e calças cor-de-rosa de pijama enfiadas nas meias. Dois outros continuaram de boca aberta por um minuto inteiro e depois correram para a pequena cabine, da qual reapareceram incontinente postando-se a dardejar olhares assustados, com as Winchesters destravadas nas mãos. Tudo que conseguíamos ver era o vapor em que viajávamos, seus contornos indistintos como se estivesse a ponto de se dissolver, e uma tira enevoada de água, com talvez meio metro de largura, em toda a nossa volta — e só. O resto do mundo não ficava em lugar nenhum, pelo que nos revelavam os nossos olhos e ouvidos. Em lugar nenhum. Tudo sumira, desaparecera; tudo fora removido sem deixar um murmúrio ou uma sombra.

"Fui até a proa e dei ordem para que encurtassem a corrente, de modo a estarmos prontos para levantar âncora e dar a partida em caso de necessidade. 'Será que vão atacar?', sussurrou uma voz assustada. 'Vamos ser trucidados nesse nevoeiro', murmurou outra. Os rostos se contraíam de tensão, as mãos tremiam um pouco, os olhos se esqueciam de piscar. Era curioso avaliar o contraste entre as expressões dos brancos e dos negros da nossa tripulação, tão estrangeiros quanto nós naquela parte do rio, embora as suas casas só ficassem a mil e trezentos quilômetros dali. Os brancos, evidentemente muito descompostos, exibiam além disso uma expressão de choque doloroso diante do ultraje de tamanha desordem. Os outros tinham uma expressão alerta, naturalmente interessada; mas seus rostos se mostravam essencialmente tranquilos, mesmo os dos poucos, um ou dois, que sorriam enquanto puxavam a corrente. Alguns deles trocaram frases curtas e guturais que pareceram esclarecer satisfatoriamente a questão. O chefe do grupo, um negro jovem de peito largo, envergando panos franjados de um tom muito escuro de azul, com narinas ferozes e o cabelo artisticamente arranjado em cachos oleosos, postou-se ao meu lado. 'Ah-ah!', disse eu, só em favor da boa camaradagem. 'Pegu'eles', retrucou o chefe, arregalando os olhos injetados por um segundo e exibindo um clarão de dentes afiados — 'pegu'eles. Dá pra nós'. 'Para vocês, hein?', perguntei; 'e o que vocês iriam fazer com eles?' 'Comer!', respondeu ele concisamente; e apoiando o cotovelo na amurada pôs-se a contemplar o nevoeiro com uma atitude digna e profundamente pensativa. E eu sem dúvida teria ficado devidamente horrorizado caso não tivesse me ocorrido que ele e os seus camaradas deviam estar com muita fome, uma fome que só podia vir crescendo ao longo do último mês. Haviam sido contratados por seis meses (e não acho que nenhum deles tivesse uma noção muito clara do tempo, nada que se possa comparar à ideia que adquirimos ao final de eras incontáveis. Eles ainda pertenciam aos primórdios do tempo — ainda não tinham uma experiência herdada que lhes ensinasse, por assim dizer), e claro, contanto que houvesse um papel coberto de palavras de acordo com os ditames de uma ou outra lei grotesca criada rio abaixo, não passara pela cabeça de ninguém preocupar-se com o que eles comeriam. É verdade que tinham trazido para bordo uma quantidade de carne podre de hipopótamo, que de qualquer maneira não poderia ter durado muito, mesmo que os peregrinos, enfrentando um tremendo alarido, não tivessem jogado na água uma considerável quantidade dessa reserva. Pode ter parecido um ato arbitrário, mas foi um gesto de legítima defesa. Ninguém consegue manter um vínculo com a existência, por mais precário que seja, inspirando o aroma de hipopótamo morto enquanto come, enquanto dorme e nas horas de vigília. Afora isso, eles recebiam a cada semana três pedaços de fio de latão, cada qual com uns vinte centímetros de comprimento, e rezava a teoria que, com aquela moeda, podiam comprar suas provisões nas aldeias ribeirinhas. E vocês bem podem imaginar o quanto *isso* dava certo. Ou não havia aldeias, ou os habitantes eram hostis, ou o Gerente, que como o resto de nós se alimentava de comida enlatada com o aporte de algum bode velho ocasional, não deixava o vapor parar por algum motivo mais ou menos obscuro. Assim, a menos que engolissem o próprio fio de metal ou o usassem para fabricar anzóis que capturassem alguns peixes, não vejo do que podia lhes valer aquele salário extravagante. Devo dizer que era pago com uma regularidade digna de uma grande e honrada companhia de comércio. Quanto ao resto, o único alimento — embora não me parecesse nem um pouco comestível — que vi de posse daqueles homens foram alguns blocos de alguma coisa que lembrava uma massa semicozida, de uma cor de lavanda suja, que guardavam embrulhada em folhas e da qual de tempos em tempos engoliam um pedaço, mas tão pequeno que parecia antes destinado a salvar as aparências do que a qualquer fim sério de sustento. Por que motivo, em nome de todos os demônios torturantes da fome, eles não vieram para cima de nós — eram trinta contra cinco — e pelo menos fizeram um festim decente é algo que até hoje me pergunto. Eram homens grandes e fortes, não muito dados a ponderar as consequências dos seus atos, ainda dotados de coragem e vigor, mesmo àquela altura em que a sua pele já não tinha o brilho de antes nem seus músculos a mesma rigidez. E entendi que alguma forma de comedimento, um desses segredos humanos que desafiam a probabilidade, entrava em ação nesse caso. Olhei para eles com um interesse prontamente renovado — não porque me tivesse ocorrido que eu poderia ser devorado por eles dali a pouco, embora lhes confesse que percebi nesse exato momento — a uma nova luz, por assim dizer — o quanto a aparência dos peregrinos era enfermiça, desejando, sim, desejando expressamente, que o meu aspecto não fosse tão — como dizer? — tão — insosso: uma pontada de vaidade extravagante que combinava bem com a sensação de sonho que impregnava os meus dias inteiros àquela altura. Talvez eu tivesse também um pouco de febre. Ninguém consegue viver tomando o próprio pulso o tempo todo. Muitas vezes eu sentia 'uma ponta de febre', ou um certo toque de outras coisas — as primeiras patadas da selva, ainda de brinquedo, as preliminares triviais à investida mais séria que haveria de vir no devido tempo. Sim — eu olhava para eles como se pode olhar para qualquer ser humano, com curiosidade em relação aos seus impulsos, motivações, capacidades e fraquezas, quando postos à prova por uma necessidade física inexorável. Comedimento! Qual possível comedimento? Seria superstição, asco, paciência, medo — ou algum tipo de honra primitiva? Não há medo que resista à fome, não há paciência capaz de suplantá-la, o asco simplesmente deixa de existir onde a fome aparece e, quanto à superstição, as crenças ou o que vocês podem chamar de princípios são menos ainda que farelo ao vento. Vocês conhecem a crueldade diabólica da fome prolongada, o seu tormento exasperante, os seus negros pensamentos, a sua ferocidade lúgubre e persistente? Pois eu conheço. Um homem precisa de toda a sua força interior para se opor à fome. Na verdade, é mais fácil passar por qualquer outra privação, enfrentar a desonra ou a perdição da alma — do que esse tipo de fome duradoura. É triste, mas verdadeiro. E aqueles homens, afinal, não tinham nenhum motivo concreto para o menor escrúpulo. Comedimento! Eu teria esperado mais comedimento de uma hiena vagando entre os cadáveres de um campo de batalha. Mas lá estava aquele fato diante de mim — o fato, fascinante, a revelar-se, como a espuma nas profundezas do mar, como uma ondulação num enigma insondável, um mistério maior — quando penso — do que a nota curiosa e inexplicável de dor e desespero presente naquele clamor selvagem que nos cercara vindo da margem do rio, por trás da brancura cegante do nevoeiro.

“Dois peregrinos discutiam em sussurros apressados de que margem viria o som. ‘Esquerda.’ ‘Não, não; como pode ser? Direita, direita, é claro.’ ‘É muito grave’, disse a voz do Gerente atrás de mim; ‘eu ficaria desolado se algo acontecesse ao sr. Kurtz antes de chegarmos.’ Fitei-o e não tive a menor dúvida de que ele estava sendo sincero. Era exatamente o tipo de homem interessado em preservar as aparências. No caso dele, era aquilo que o fazia comedir-se. Mas quando ele murmurou alguma coisa sobre seguir viagem na mesma hora, nem me dei o trabalho de responder. Eu sabia, e ele sabia, que era impossível. Se desistíssemos da âncora que nos prendia ao fundo, ficaríamos absolutamente soltos no ar — no espaço. Não teríamos como saber para onde estávamos indo — se rio acima, se rio abaixo ou de través — até nos chocarmos com uma ou outra das margens — e então nem saberíamos, num primeiro momento, qual delas tinha sido. Claro que não saí do lugar. Não tinha a menor vontade de provocar uma colisão. Não podia imaginar local mais mortífero para um naufrágio. Quer nos afogássemos ou não na hora, era mais que certo que pereceríamos depressa, de um modo ou de outro. ‘Autorizo o senhor a correr todos os riscos’, disse ele, após um breve silêncio. ‘Pois me recuso a correr qualquer um’, respondi, seco; exatamente a resposta que ele esperava, embora o tom possa tê-lo surpreendido. ‘Bem, só posso aceitar o seu julgamento. O senhor é o Capitão’, disse ele, com uma cortesia exagerada. Virei meu ombro para ele em sinal de respeito, e fitei o nevoeiro. Quanto tempo ainda havia de durar? E a perspectiva era a mais desoladora. A chegada àquele Kurtz que vinha extraindo tanto marfim da maldita selva parecia cercada de tantos perigos quanto a libertação de uma princesa adormecida num castelo de fábula. ‘Será que vão atacar? O que o senhor acha?’, perguntou-me o Gerente em tom confidencial.

“E eu achava que não, por vários motivos óbvios. A cerração densa era o primeiro. Se eles zarpassem da margem nas suas canoas, haveriam de perder-se no nevoeiro, tanto quanto nós se tentássemos sair do lugar. No entanto, eu também julgara que a mata das duas margens fosse impenetrável — mas havia olhos nela, olhos que nos tinham visto. O arvoredo que cobria as margens do rio era sem dúvida muito cerrado; mas a vegetação mais baixa era evidentemente penetrável. Entretanto, durante o curto período em que o nevoeiro se levantara eu não tinha enxergado canoa alguma ao alcance dos olhos — e certamente não adiante do vapor. Mas o que tornava totalmente inconcebível para mim a ideia de um ataque era a natureza daquele som — dos gritos que havíamos escutado. Não tinham o caráter feroz e ameaçador de uma intenção hostil imediata. Por mais que tenham sido inesperados, selvagens e violentos, o que me transmitiram foi uma irresistível impressão de tristeza. A visão do vapor, por algum motivo, enchera aqueles selvagens de uma dor incontida. O perigo, se é que havia, expliquei, vinha daquela nossa proximidade com uma grande paixão humana à solta. Mesmo a dor extrema pode acabar encontrando vazão na violência — só que no mais das vezes assume a forma de apatia...

"Vocês precisavam ter visto como os peregrinos olharam para mim! Não tiveram ânimo de sorrir nem de me insultar: mas acharam que eu tinha enlouquecido — de medo, talvez. Fiz uma verdadeira palestra. Meus caros rapazes, não era necessário se dar o trabalho. Manter sentinelas? Bem, vocês podem imaginar que eu estava atento aos sinais de dispersão do nevoeiro como um gato que não tira os olhos de um camundongo, mas para todo o resto os nossos olhos valiam menos do que se estivéssemos enterrados numa pilha de algodão solto com quilômetros de altura. E a sensação também era a mesma — sufocante, quente, abafada. Além disso, tudo o que eu disse, embora pudesse soar como uma extravagância, correspondia perfeitamente aos fatos. Aquilo a que mais tarde nos referimos como ataque foi na realidade uma tentativa de nos repelir. A ação não foi nem de longe uma agressão — e nem propriamente uma ação defensiva, no sentido comum do termo; ocorreu sob a pressão do desespero, e foi em essência um gesto de pura proteção.

"Começou a ocorrer, diria eu, cerca de duas horas depois que a cerração se dissipou, mais ou menos dois quilômetros e meio abaixo do posto de Kurtz. Tínhamos acabado de contornar a custo uma curva do rio, arquejando e chapinhando na água, quando vi uma ilhota, um mero montículo de terra coberto de relva verde-clara, bem no meio do curso de água. Era a única ilha que se via ali mas, assim que avançamos um pouco e pude enxergar mais longe, percebi que era a ponta de um comprido banco de areia, ou melhor, de uma série de baixios que se estendiam ao longo do leito do rio. Eram descoloridos, ficavam bem à flor da água, e podiam ser vistos pouco abaixo da superfície exatamente como se vê a espinha de um homem descendo pelo meio das suas costas logo debaixo da pele. Pelo que eu via, poderia passar pela direita ou pela esquerda daqueles bancos de areia. Não conhecia nenhum dos dois canais, é claro. As margens tinham uma aparência muito semelhante, a profundidade parecia a mesma mas, como haviam informado que o posto ficava na margem ocidental, tomei naturalmente o rumo da passagem a oeste.

"Assim que enveredamos pelo canal, percebi que era muito mais estreito do que eu imaginara. À nossa esquerda ficava o banco de areia, praticamente contínuo, e à direita o barranco alto e abrupto da margem, densamente coberto de vegetação. Acima das plantas mais baixas, as árvores se erguiam em fileiras cerradas. Os ramos pendiam entrelaçados sobre as águas do rio, e a intervalos o galho grosso de alguma árvore se projetava rígido acima do leito. A tarde já ia adiantada, a face da floresta estava na penumbra, e uma faixa larga de sombra já caíra sobre as águas. E por essa sombra avançávamos, muito lentamente como vocês podem imaginar. Eu conduzia o vapor bem próximo da margem, onde as águas eram mais profundas, como informava a vara que usávamos na sondagem.

"Um dos meus famintos e pacientes amigos manobrava a sonda de um ponto na proa do barco logo abaixo de onde eu estava. Aquele vapor era exatamente como uma chata dotada de uma coberta de madeira, sobre a qual se erguiam duas casinhas de madeira de teca com portas e janelas. A caldeira ficava na extremidade de vante, e as máquinas bem à popa. Por cima de tudo havia um teto leve, sustentado por escoras. A chaminé atravessava aquele teto, e diante dela uma pequena cabine construída com tábuas finas servia de casa do leme. Continha um sofá, dois banquinhos dobráveis, um fuzil Martini-Henry* carregado e apoiado num canto, uma mesinha e a roda do leme. Tinha uma porta larga na frente e uma ampla janela de madeira de cada lado. Todas ficavam abertas o tempo todo, é claro. Eu passava os meus dias empoleirado ali, na extremidade anterior daquela área coberta, bem diante da porta. À noite eu dormia, ou pelo menos tentava, no sofá. Um negro atlético pertencente a alguma tribo do litoral e educado pelo meu pobre antecessor era o timoneiro. Ostentava um par de brincos de latão, usava um pano azul enrolado da cintura aos tornozelos, e se tinha em altíssima conta. Era o tipo de idiota mais instável que já conheci. Assumia uma pose de extrema bazófia sempre que alguém passava perto do timão, mas assim que se via a sós era tomado por um medo abjeto e, em questão de um minuto, perderia o controle daquele vapor inválido.

"Eu vinha acompanhando a vara de sondagem, muito aborrecido ao ver, a cada tentativa, uma porção maior dela sobrando acima das águas do rio, quando vi o homem que a manobrava desistir de repente do que fazia e se estender ao comprido no convés, sem nem se dar o trabalho de puxar a vara de volta para o barco. Não a soltou, porém, só deixou que ela se arrastasse pela água. Ao mesmo tempo, o foguista, que eu também via logo abaixo de onde me encontrava, sentou-se abruptamente diante da sua fornalha e abaixou a cabeça. Fiquei admirado. E então precisei desviar depressa a atenção para o rio, porque havia um tronco afundado apontando bem à nossa frente. Varetas, varetas curtas, voavam por toda parte, em massa; zuniam diante do meu nariz, caíam junto aos meus pés, chocavam-se atrás de mim contra a minha casa do leme. E o tempo todo o rio, a margem, a mata, estavam muito quietos — perfeitamente quietos. Eu só

* Fuzil Martini-Henry: modelo de carabina militar amplamente usado pelas forças inglesas em todo o Império Britânico. (N. T.)

ouvia as pancadas rítmicas e pesadas da roda de popa na superfície, e o barulho daquelas coisas batendo na água. Ultrapassamos canhestramente o tronco afundado. Flechas, por Júpiter! Estávamos sendo alvejados! Entrei correndo para fechar a janela de madeira que dava para a margem. O timoneiro idiota, com as mãos nas malaguetas, erguia os joelhos, batia com os pés e rilhava os dentes, como um cavalo contido à rédea curta. Maldito seja! E avançávamos a custo, a menos de três metros da margem. Precisei me inclinar todo para fora a fim de puxar o pesado batente de madeira, e vi um rosto entre as folhas bem no mesmo nível que o meu, olhando para mim com grande ferocidade e firmeza; e então de chofre, como se um véu tivesse sido removido dos meus olhos, percebi, em meio à sombra emaranhada, peitos nus, braços, pernas, olhos fulgurantes — a mata fervilhava de membros humanos em movimento, reluzentes, da cor do bronze. Os ramos estremeciam, oscilavam e farfalhavam, as flechas partiam, e então consegui finalmente fechar a janela. 'Sempre em frente', recomendei ao timoneiro. Ele mantinha a cabeça rígida, o rosto virado para a frente; mas os seus olhos giravam nas órbitas, e ele continuava a levantar e a baixar os pés de leve, a boca espumando um pouco. 'Fique quieto!', ordenei com fúria. Mas era o mesmo que mandar uma árvore parar de balançar ao vento. Precipitei-me para fora. Abaixo de mim, ouvi um rumor de passos apressados no convés de ferro; exclamações confusas; uma voz gritou: 'O senhor não pode dar a volta?'. Percebi uma ondulação em forma de V na água, mais adiante. O quê? Outro tronco! Uma fuzilaria irrompeu abaixo de mim. Os peregrinos disparavam as suas Winchesters, e simplesmente despejavam chumbo na mata. Uma nuvem densa de fumaça se ergueu e avançou um pouco. Soltei uma imprecação. Agora não conseguia mais ver nem a ondulação e nem a ponta do tronco. Fiquei parado na porta, olhando para as águas, e as flechas caíam em enxames. Podiam ser envenenadas, mas pareciam incapazes de matar um gato. A floresta começou a urrar. Nossos lenhadores soltaram um grito de guerra; o disparo de um fuzil bem atrás de mim deixou-me surdo. Olhei por cima do ombro, e a casa do leme ainda estava tomada pelo barulho e pela fumaça quando me precipitei para o timão. Aquele negro imbecil largara tudo para abrir a janela e disparar o Martini-Henry. Estava em pé, triunfante diante da abertura larga, e gritei que voltasse, enquanto tentava fazer o vapor se recobrar da súbita guinada. Não havia espaço para manobrar mesmo que eu quisesse, o tronco estava em algum lugar bem à nossa frente no meio daquela maldita fumaça, não havia tempo a perder, de maneira que simplesmente espremi o vapor contra a margem, direto junto ao barranco, onde sabia que a água era mais profunda.

"Rompemos lentamente entre os ramos que pendiam sobre o leito do rio, abrindo caminho em meio a um tumulto de galhos partidos e folhas espalhadas. A fuzilaria que vinha de baixo parou de repente, como imaginei que ocorreria assim que as armas se descarregassem. Recuei de repelão a cabeça diante de um zunido reluzente que atravessou a casa do leme, entrando por uma janela e saindo pela outra. Olhando além do timoneiro louco que sacudia o fuzil e berrava para a margem, vi formas vagas de homens que corriam curvados para a frente, saltando, deslizando, distintas, incompletas, evanescentes. Uma coisa grande apareceu no ar diante da janela, o fuzil caiu na água e o homem deu um passo rápido para trás, olhou para mim por cima do ombro com uma expressão extraordinária, profunda e familiar, e caiu aos meus pés. O lado da sua cabeça bateu duas vezes na roda do leme, e a ponta do que parecia uma longa vara de bambu rolou barulhenta pelo chão, derrubando um banquinho. Parecia que, depois de arrancar aquela coisa de alguém da margem, ele perdera o equilíbrio com o esforço de puxá-la. A fumaça rala se dispersara, tínhamos ultrapassado o tronco enterrado e, olhando para a frente, pude ver que dali a mais ou menos cem metros eu teria espaço para me afastar da margem; mas a sensação de calor e umidade nos meus pés era tamanha que precisei olhar para baixo. O homem rolara até ficar estendido de costas, e olhava diretamente para mim; suas duas mãos agarravam aquela vara. Era o cabo de uma lança que, atirada ou enfiada através da abertura, atingira-o no flanco, logo abaixo das costelas; a lâmina penetrara toda e não podia ser vista de fora, depois de ter aberto um corte horrendo; meus sapatos estavam encharcados; havia uma poça de sangue muito parada, cintilando num tom escuro de vermelho bem debaixo do timão; os olhos do homem brilhavam com um lustro impressionante. A fuzilaria recomeçou. Ele me olhava ansioso, aferrado à lança como se ela fosse um objeto de valor, dando a impressão de temer que eu tentasse roubá-la. Precisei fazer um esforço para desprender os meus olhos dos seus e cuidar do timão. Com uma das mãos, tateei acima da minha cabeça para localizar o cordão do apito, e emiti um toque atrás do outro, à maior velocidade possível. O tumulto de berros irados e belicosos foi encoberto na mesma hora, e então, das profundezas da mata, ergueu-se um uivo trêmulo e prolongado de medo pesaroso e absoluto desespero, como se acabasse de perder-se a última esperança da Terra. Houve uma grande comoção na mata; a chuva de flechas parou; ainda se ouviram uns poucos tiros isolados — e depois o silêncio, em que as pancadas exaustas da roda de popa tornaram a soar claramente aos meus ouvidos. Virei o leme todo para estibordo no mesmo momento em que o peregrino de pijama cor-de-rosa, muito acalorado e nervoso, aparecia na porta. 'O Gerente me mandou aqui...', começou num tom oficial, e se interrompeu de chofre. 'Santo Deus!', disse ele, os olhos fixos no homem ferido.

"Eu e ele, os dois brancos, debruçamo-nos sobre o homem, e o seu olhar fulgurante e inquisitivo nos envolveu a ambos. E lhes digo que ele parecia prestes a nos perguntar alguma coisa numa língua compreensível; mas morreu sem emitir um som, sem mover um membro, sem contrair um músculo. Só no derradeiro instante, como em resposta a algum sinal que não tivemos como ver, a algum sussurro que não tivemos como escutar, ele franziu muito a testa, e esse traço conferiu à sua negra máscara mortuária uma expressão inconcebivelmente soturna, lúgubre e ameaçadora. O lustro dos olhos inquisidores desbotou depressa, deixando apenas um olhar vidrado e vazio. 'Você sabe pilotar?', perguntei ansioso ao agente. Ele exibiu um ar muito hesitante; mas agarrei o seu braço, e ele entendeu na mesma hora que eu queria que pilotasse o barco, soubesse ou não. Para lhes dizer a verdade, eu sentia uma necessidade mórbida de trocar as meias e os sapatos. 'Ele está morto', murmurou o sujeito, imensamente impressionado. 'Sem a menor dúvida', disse eu, puxando como louco os cordões dos sapatos. 'E aliás, imagino que o sr. Kurtz também esteja morto a esta altura.'

"Naquele momento, era esse o pensamento que me dominava. Tive uma sensação de extremo desânimo, como se acabasse de descobrir que vinha perseguindo uma coisa totalmente desprovida de substância. E o meu desalento não teria sido maior se eu só tivesse percorrido toda aquela distância a fim de conversar com o sr. Kurtz. Conversar... Joguei um sapato na água e tomei consciência de que era exatamente aquilo que eu vinha desejando — uma conversa com Kurtz. E fiz a estranha descoberta de que eu nunca o tinha imaginado fazendo coisa alguma, sabem como é, mas só discursando. Não pensei: 'Agora nunca o verei', ou: 'Agora nunca apertarei a sua mão', mas: 'Agora nunca o ouvirei'. Aquele homem era apresentado como uma voz. Não, claro, que eu não o associasse a nenhum outro tipo de atividade. Já me haviam dito, com todos os acentos da inveja e da admiração, que ele tinha acumulado, negociado, subtraído ou roubado mais marfim que a soma de todos os outros agentes. A questão não era essa. A questão era que se tratava de uma criatura de muitos dons e que, dentre todos eles, o mais preeminente, que trazia uma sensação de autêntica presença, eram as suas palavras, a sua aptidão para falar — o dom da expressão, a fonte fascinante, inspiradora, mais exaltada e mais desprezível, o jorro palpitante de luz ou a torrente enganosa que brotava no coração de trevas impenetráveis.

"O outro sapato voou, lançado ao deus-demônio daquele rio. E pensei: 'Por Júpiter! está tudo acabado'. Chegamos tarde demais; ele desapareceu — o dom desapareceu, por obra de alguma lança, flecha ou clava. Nunca hei de ouvir afinal esse sujeito falando — e a minha tristeza teve uma surpreendente sobrecarga de emoção, semelhante à que eu percebera no sofrimento ululante daqueles selvagens da floresta. Eu não sentiria uma desolação solitária mais intensa se de algum modo me tivessem roubado a fé, ou se tivesse perdido o meu rumo na vida... Por que você, algum de vocês, suspira dessa forma desagradável? Absurdo? Pois bem, absurdo. Santo Deus! será que um homem nunca pode... Aqui, alguém me dê um pouco de tabaco..."

Fez-se uma pausa de silêncio profundo, depois um fósforo se acendeu e o rosto magro de Marlow apareceu cansado, encovado, com as rugas verticais e as pálpebras caídas produzindo um ar de atenção concentrada; e quando ele puxou vigorosas baforadas do seu cachimbo, seu rosto parecia recuar e destacar-se na noite, à variação regular da pequena chama. O fósforo apagou-se.

"Absurdo!", exclamou ele. "Esta é a pior parte de tentar contar... Aqui estão vocês, cada um fundeado em dois bons endereços, como um grande cargueiro com duas âncoras, o açougue assim que dobram uma esquina, a polícia logo na outra, um apetite excelente e a temperatura normal — estão ouvindo? — normal, do começo ao fim do ano. E dizem: 'Absurdo!'. Pois o absurdo que se — dane! Absurdo! Meus caros rapazes, o que podem esperar de um homem que por mero nervosismo acabava de atirar na água um par de sapatos novos? Hoje, quando penso nisso, acho espantoso não ter vertido lágrimas. De maneira geral, eu me orgulho da minha fortaleza. Mas fiquei profundamente abalado ao julgar que perdera o inestimável privilégio de ouvir as palavras do talentoso Kurtz. Claro que eu estava enganado. Esse privilégio estava à minha espera. Ah, sim, ouvi mais que o suficiente. E de fato eu tinha razão. Uma voz. Ele era bem pouco mais que uma voz. E falou comigo — ele — ela — aquela voz — outras vozes — todos eles eram tão pouco mais que vozes — e a própria memória desse tempo permanece à minha volta, impalpável, como a vibração quase extinta de um imenso palavrório, tolo, atroz, sórdido, selvagem, ou simplesmente mau, sem qualquer tipo de sentido. Vozes, vozes — e até mesmo a própria moça — agora..."

Ficou calado por um longo tempo.

"No final, exorcizei o fantasma dos seus talentos com uma mentira", começou ele de repente. "Moça! O quê? Falei de uma moça? Ah, mas ela está fora disso — completamente. Elas — as mulheres, quero dizer — estão fora disso — deviam ser mantidas fora disso. Precisamos ajudá-las a permanecer nesse lindo mundo onde vivem, ou o nosso ficará pior. Ah, ela precisava ser mantida fora disso. Vocês deviam ter ouvido o corpo insepulto do sr. Kurtz, dizendo: 'A minha Prometida'. Teriam percebido na mesma hora a que ponto ela estava fora de tudo isso. E o majestoso osso frontal do sr. Kurtz! Dizem que o cabelo às vezes continua a crescer depois da morte, mas esse — ah — indivíduo era de uma calvície impressionante. A selva lhe afagou a cabeça, e eis que ela ficou igual a uma bola — uma bola de marfim; a selva o acariciou, e — vejam! — ele feneceu; ela o conquistou, ela o amou, ela o acolheu, penetrou nas suas veias, consumiu a sua carne e selou a sua alma no isolamento mediante as cerimônias inimagináveis de alguma iniciação diabólica. Ele era o favorito da selva, estragado por seus mimos. Marfim? Sem dúvida. Pilhas de marfim, montanhas de marfim. O velho depósito de terra batida estava abarrotado de marfim. Parecia que não sobrara uma única presa em todo o país, em cima ou debaixo da terra. 'Na maioria é fóssil', assinalara o Gerente em tom depreciativo. Não era mais fóssil do que eu, mas dizem que o marfim é fóssil quando o desencavam da terra. Parece que esses negros às vezes enterram as presas de elefante — mas é evidente que não tiveram como enterrar esses achados a uma profundidade suficiente para salvar o talentoso sr. Kurtz do seu destino. Carregamos o vapor com marfim, e ainda precisamos empilhar muitas presas no convés. Assim ele podia continuar a vê-las e deleitar-se com elas enquanto ainda enxergava, porque conservou esse gosto até o fim. E vocês precisavam tê-lo ouvido dizer: 'O meu marfim'. Ah sim, eu ouvi. 'A minha Prometida, o meu marfim, o meu posto, o meu rio, o meu...', tudo pertencia a ele. Eu prendia a respiração, esperando ouvir a selva prorromper numa gargalhada prodigiosa, capaz de sacudir as estrelas fixas nas suas posições. Tudo pertencia a ele — mas isso era o de menos. O que importava era saber ao que ele por sua vez pertencia, quantos poderes das trevas podiam reclamar a sua posse. Era essa a reflexão que causava arrepios. Era impossível — e tampouco fazia bem algum — tentar imaginar. Ele ocupara um alto assento entre os demônios daquela terra — e digo isso literalmente. Vocês não conseguem entender? E como poderiam — com um calçamento de pedra debaixo dos seus pés, cercados por vizinhos gentis prontos a acudi-los ou lhes pedir algum favor, caminhando a passos contados entre o açougue e a polícia, no terror sacrossanto do escândalo, do cadafalso e dos hospícios — como podem vocês imaginar a qual região particular das eras primevas os pés desimpedidos de um homem podem levá-lo quando ele se depara com a solidão — a solidão absoluta, sem polícia — quando se depara com o silêncio — o silêncio absoluto, sem a voz de um bom vizinho para ser ouvida a lembrar-lhe num murmúrio a opinião pública? Essas pequenas coisas fazem toda a grande diferença. Quando elas desaparecem, você só pode recorrer à sua força interior, à sua própria capacidade de ser fiel. Claro que pode ser tão idiota que nem terá como errar — obtuso demais para sequer perceber que está sofrendo o assalto dos poderes das trevas. Imagino que nenhum idiota jamais tenha negociado a alma com o diabo: o idiota é idiota demais, ou o diabo diabólico demais — não sei qual dos dois. Ou você pode ter um espírito tão magnificamente elevado que se mostrará totalmente surdo e cego a tudo que não sejam visões e sons celestiais. Nesse caso, a Terra, para você, é só um lugar de passagem — e não me atrevo a dizer se representa uma perda ou um ganho ser assim. Mas a maioria de nós não é nem de um modo nem do outro. A Terra, para nós, é um lugar onde vivemos, onde precisamos nos habituar às visões, aos sons, e aos cheiros também, por Júpiter! — aspirar o fedor de hipopótamo morto, por assim dizer, sem nos contaminar. E é aí, não veem, que a força de vocês intervém, a fé na sua capacidade de cavar buracos discretos para neles enterrar as coisas — o seu poder de devoção não a si mesmos, mas a um trabalho obscuro e exaustivo. E isso não é pouco difícil. Vejam bem, não estou tentando desculpar e nem mesmo explicar — só estou tentando prestar contas em nome — em nome — do sr. Kurtz — da sombra do sr. Kurtz. Esse espectro iniciado vindo do fundo de Lugar Nenhum me honrou com as suas espantosas confidências antes de desaparecer por completo. Isso porque comigo podia falar inglês. O Kurtz original foi parcialmente educado na Inglaterra, e — como ele próprio teve a gentileza de dizer — suas simpatias estavam no lugar certo. Sua mãe era meio inglesa, seu pai era meio francês. Toda a Europa contribuíra para a criação de Kurtz; e com o tempo fiquei sabendo que, muito adequadamente, a Sociedade Internacional para a Supressão dos Costumes Selvagens lhe confiara a preparação de um relatório para sua futura orientação. E ele escrevera o relatório. Eu vi. Eu li. Era eloquente, vibrante de eloquência, mas estridente demais, acho eu. Dezessete páginas em caligrafia cerrada. Tinha encontrado tempo para isso. Mas deve ter sido antes que — digamos — os seus nervos começassem a falhar, levando-o a presidir certas danças à meia-noite que terminavam em ritos inomináveis, os quais — até onde pude perceber com certa relutância, baseado no que ouvi em momentos diversos — eram consagrados a ele — vocês entendem? — ao próprio sr. Kurtz. Mas era um texto excelente. O parágrafo inicial, entretanto, à luz do que fiquei sabendo mais tarde, hoje me parece especialmente inauspicioso. Começa com o argumento de que nós, os brancos, em função do grau de desenvolvimento a que chegamos, 'devemos necessariamente ser vistos por eles [os selvagens] como seres sobrenaturais — chegamos a eles com um poder que parece próprio de uma divindade', e assim por diante. 'Pelo simples exercício da nossa vontade, podemos exercer um poder praticamente ilimitado para o bem' etc. etc. A partir desse ponto ele levanta voo, e transportou-me com ele. A peroração era magnífica, embora difícil de lembrar, sabem como é. Transmitiu-me a ideia de uma Imensidão exótica governada por uma augusta Benevolência. Fiquei arrepiado de entusiasmo. Aquele era o poder ilimitado da eloquência — das palavras — de palavras nobres e ardentes. Não havia qualquer sugestão de ordem prática para interromper o encadeamento mágico daquelas frases, a menos que uma espécie de nota ao pé da última página, rabiscada evidentemente bem mais tarde com uma caligrafia trêmula, possa ser considerada a recomendação de um método. Era muito simples, e ao cabo daquele apelo comovente a todos os sentimentos altruístas flamejava aos nossos olhos, luminosa e aterrorizante, como o clarão de um relâmpago num céu sereno: 'Exterminem todos os brutos!'. E o curioso é que ele parecia ter esquecido esse valioso pós-escrito, porque mais tarde, quando num certo sentido voltou a si, recomendou-me repetidamente que cuidasse bem do 'meu panfleto' (como ele chamava), que no futuro haveria de ter uma influência positiva sobre a sua carreira. Fui plenamente informado sobre todas essas coisas e além disso, como mais tarde fiquei sabendo, ainda fui encarregado de zelar pela sua memória. E fiz por ela o suficiente para adquirir o direito incontestável de destiná-la, se assim decidir, a um repouso eterno na lata de lixo do progresso, junto com toda a sujeira e, falando figurativamente, todos os gatos mortos da civilização. Mas ocorre, vocês entendem, que não tenho escolha. Ele não será esquecido. Pode ter sido qualquer coisa, mas nunca um homem comum. Pelo fascínio ou pelo medo, teve o poder de arrastar as almas rudimentares a uma perversa ciranda mágica em sua homenagem, e também foi capaz de povoar as almas miúdas dos peregrinos de amargas apreensões — teve pelo menos um amigo dedicado, e conquistara uma alma no mundo que não era rudimentar nem estava maculada pela defesa do interesse próprio. Não, não consigo esquecer-me dele, embora não chegue ao ponto de afirmar que fosse exatamente digno da vida que perdemos para alcançá-lo. Eu sentia uma falta horrível do meu falecido timoneiro — já começava a sentir a sua falta enquanto seu corpo ainda jazia na casa do leme. Talvez vocês achem muito estranha essa dor pela morte de um selvagem que não contava mais que um grão de areia num Saara negro. Mas vocês precisam entender que ele havia feito alguma coisa, tinha operado o timão; meses a fio eu dispus da sua ajuda — um apoio — um instrumento. Era uma espécie de parceria. Ele manejava o leme para mim — e a mim cabia cuidar dele, eu me preocupava com as suas deficiências, e assim se criou um laço sutil do qual só fui tomar conhecimento quando abruptamente se rompeu. E a profunda intimidade do olhar que ele me lançou quando foi ferido permanece até hoje na minha memória — como se afirmasse, num momento supremo, a reivindicação de um parentesco distante.

"Pobre idiota! Se ao menos tivesse deixado a janela fechada. Foi incapaz de comedimento, incapaz de se conter — exatamente como Kurtz — uma árvore sacudida pelo vento. Assim que consegui calçar um par de chinelos secos, arrastei-o para um canto, depois de arrancar a lança do seu flanco, operação que confesso ter executado com os olhos bem fechados. Seus calcanhares deram um solavanco quando passaram pela soleira baixa da porta; eu segurava os seus ombros bem junto ao peito; eu o abraçava pelas costas, em desespero. Ah! ele era pesado, muito pesado; mais pesado que qualquer outro homem da Terra, imagino. E então, sem mais, eu o atirei na água. A correnteza o arrastou como se ele fosse um tufo de relva, e vi o corpo rolar duas vezes sobre si mesmo antes de perdê-lo de vista para sempre. A essa altura, todos os peregrinos e o Gerente estavam congregados no convés em torno da casa do leme, tagarelando como um bando de gralhas frenéticas, e houve um murmúrio de escândalo diante da minha decisão pronta e desalmada. Por que motivo eles podiam preferir deixar aquele corpo a bordo, eu não posso imaginar. Para embalsamá-lo, talvez. Mas também ouvi outro murmúrio, em tom ameaçador, mais abaixo no convés. Meus amigos lenhadores estavam igualmente escandalizados, e com muito melhor motivo — embora eu deva dizer que era totalmente inadmissível. Ah, totalmente! Eu já decidira que, se era para o meu falecido timoneiro ser devorado, só os peixes haveriam de comê-lo. Ele fora em vida um timoneiro de segunda, mas agora que morrera podia se transformar numa tentação de primeira classe, e ainda provocar algumas graves complicações. Além disso, eu estava ansioso para assumir eu mesmo a roda do leme, já que o sujeito de pijama cor-de-rosa demonstrava uma irremediável incompetência na matéria.

"E tomei o timão assim que encerrei aquele funeral singelo. Avançávamos a meia velocidade, mantendo o barco bem no centro do leito do rio, e eu ouvia a conversa à minha volta. Tinham desistido de Kurtz, tinham desistido do posto; Kurtz estava morto, o posto ardera em chamas, e assim por diante. O peregrino ruivo estava muito exaltado com a ideia de que o pobre Kurtz tivera pelo menos a devida vingança. 'Diga uma coisa! Devemos ter massacrado um bocado deles ali na mata. Hein? O que o senhor acha? Diga!' Chegava praticamente a dançar, o baixinho sanguinário com seus cabelos de fogo. E havia quase desmaiado quando vira o timoneiro ferido! Não pude deixar de responder: 'Pelo menos vocês produziram uma bela quantidade de fumaça'. Eu tinha visto, pela maneira como o topo da folhagem sacudia e voava, que quase todos os tiros foram altos demais. Não há quem consiga acertar o alvo sem fazer pontaria e disparar com a arma no ombro; mas aqueles sujeitos atiravam com os fuzis apoiados nas ancas e os olhos fechados. A debandada, declarei — e tinha razão — fora causada pelo barulho do apito. Mas diante disso eles esqueceram Kurtz e começaram a gritar comigo, protestando indignados.

"O Gerente se postou perto da roda do leme, murmurando confidencialmente que era necessário avançar o máximo possível rio abaixo antes do anoitecer, por via das dúvidas, quando avistei ao longe uma clareira à beira do rio e os contornos de algum tipo de construção. 'O que é isso?', perguntei. Ele bateu com as mãos espalmadas, admirado. 'O posto!', exclamou. Eu me aproximei imediatamente, ainda avançando a meia velocidade.

"Através do binóculo, percebi uma encosta com árvores esparsas, e totalmente limpa de mato baixo. Uma construção comprida e em mau estado no topo do morro podia ser vista semienterrada no meio da relva alta; buracos imensos no telhado eram claramente visíveis de longe, muito negros; a selva e as árvores constituíam o fundo. Não havia paliçada ou cerca de qualquer tipo; mas aparentemente já tinha existido, porque perto da casa meia dúzia de esteios finos permaneciam cravados em fila, aproximadamente da mesma altura, com a extremidade superior ornamentada por bolas esculpidas. As réguas, ou o que quer que antes houvesse entre eles, tinham desaparecido. E é claro que a floresta cercava tudo. A margem do rio estava desimpedida, e junto à água vi um homem branco, envergando um chapéu que parecia uma roda de carroça, a nos chamar com gestos insistentes do braço inteiro. Esquadrinhando a orla da floresta rio acima e rio abaixo, tive quase certeza de perceber movimentos — formas humanas deslizando aqui e ali. Avancei prudentemente até um pouco além do ponto, depois parei as máquinas e deixei o barco ser trazido de volta pela correnteza. O homem da margem começou a gritar, dizendo que encostássemos logo. 'Fomos atacados', gritou o Gerente. 'Eu sei — eu sei. Está tudo bem', gritou em resposta o outro, com o ar mais satisfeito do mundo. 'Podem vir. Está tudo em ordem. Ainda bem que chegaram.'

"Seu aspecto me lembrou alguma coisa que eu já tinha visto — alguma coisa engraçada que eu assistira em algum lugar. Enquanto eu manobrava para encostar, eu me perguntava: 'O que esse sujeito me lembra?'. E de repente me ocorreu. Ele parecia um arlequim. Suas roupas eram feitas de um tecido que talvez tenha sido um algodão grosso marrom, mas fora coberto de remendos de cima a baixo, remendos coloridos, azuis, vermelhos e amarelos — remendos nas costas, remendos na frente, remendos nos cotovelos, nos joelhos; debruns coloridos no casaco, uma tira escarlate na bainha das calças, e a luz do sol lhe dava uma aparência extremamente alegre e no fim das contas magnificamente arrumada, porque ficava bem visível o capricho com que tinham sido feitos todos aqueles remendos. Um rosto imberbe e juvenil, muito louro, sem traços muito marcados, o nariz descascado, miúdos olhos azuis, sorrisos e caretas que se sucediam, naquele semblante aberto, como o sol e a sombra numa planície varrida pelo vento. 'Cuidado, Capitão!', gritou ele; 'um tronco ficou preso aqui ontem à noite.' O quê? Mais um? Confesso que soltei uma série vergonhosa de impropérios. Quase furei o fundo do meu aleijado, para completar aquela viagem encantadora. O arlequim na margem levantou para mim o seu nariz arrebitado. 'Inglês?', perguntou ele, todo sorrisos. 'E você?', gritei da roda do leme. Os sorrisos desapareceram, e ele balançou a cabeça como que penalizado pela minha decepção. E em seguida se reanimou. 'Não importa!', exclamou para me encorajar. 'Chegamos a tempo?', perguntei. 'Ele está lá em cima', respondeu ele, indicando o alto do morro com um gesto de cabeça e exibindo repentinamente um ar sombrio. Seu rosto parecia um céu de outono, encoberto num momento e luminoso no seguinte.

"Quando o Gerente, escoltado pelos seus peregrinos, todos armados até os dentes, tomou o caminho da casa, aquele sujeito subiu a bordo. 'Vou lhe dizer uma coisa, não estou gostando disso. Todos esses nativos escondidos na mata', observei. Ele me garantiu, com a maior seriedade, que tudo estava em ordem. 'São gente simples', acrescentou; 'bem, fico satisfeito com a chegada de vocês. Estava passando o tempo todo ocupado em mantê-los à distância.' 'Mas você me disse que estava tudo bem', exclamei. 'Ah, eles não têm má intenção', disse ele e, quando o fitei, corrigiu-se. 'Não exatamente.' E em tom animado: 'Uma coisa eu lhe digo: esta sua cabine está precisando de uma limpeza!'. Emendando, aconselhou-me a manter a caldeira acesa, para poder acionar o apito em caso de algum problema. 'Um bom toque do apito vale mais que todos os fuzis. São gente simples', repetiu. Tagarelava a uma tal velocidade que me deixava tonto. Parecia querer compensar muito tempo de silêncio, e de fato sugeriu, rindo, que era esse o caso. 'Mas você não conversa com o sr. Kurtz?', perguntei. 'Com esse homem, a gente não conversa — só escuta', exclamou ele com uma exaltação severa. 'Mas agora...' Gesticulou com o braço, e num piscar de olhos tinha caído nas mais extremas profundezas do desânimo. E no momento seguinte se recobrou de um salto, tomou as minhas duas mãos e começou a sacudi-las sem parar, enquanto papagueava: 'Irmão navegante... honra... prazer... satisfação... eu me apresento... russo... filho de um Arcipreste... Governo de Tambov... O quê? Tabaco! Tabaco inglês; o excelente tabaco inglês! Ora, um gesto de irmão. Se eu fumo? Onde já se viu um marinheiro que não fume?'.

"O cachimbo o acalmou, e aos poucos consegui entender que ele fugira da escola e partira para o mar num navio russo; tornara a fugir; servira algum tempo em navios ingleses; e depois se reconciliara com o Arcipreste. O que fez questão de deixar bem claro. 'Mas quando a pessoa é jovem precisa ver coisas, acumular experiência, ideias, ampliar a mente.' 'Aqui!', interrompi. 'Nunca se sabe! Aqui conheci o sr. Kurtz', disse ele, com um ar de solenidade jovem e ressentida. Depois disso eu não falei mais nada. Parece que ele convencera uma casa de comércio holandesa da costa a lhe fornecer mantimentos e mercadorias, e partira para o interior com o coração leve, sem mais ideia do que um recém-nascido quanto ao que poderia lhe ocorrer. Vagara sozinho quase dois anos por aquele rio, isolado de tudo e de todos. 'Não sou tão jovem quanto pareço. Tenho vinte e cinco anos', disse ele. 'Num primeiro momento, o velho Van Shuyten me mandou para o inferno', narrou com uma alegria visível; 'mas eu me agarrei aos seus calcanhares, e falei e falei, até que finalmente ele ficou com medo que de tanto falar eu acabasse fazendo algum estrago, e então me deu algumas miudezas baratas e mais umas armas, e me disse que esperava nunca mais tornar a ver a minha cara. Um holandês esplêndido, o velho Van Shuyten. Eu lhe mandei uma pequena quantidade de marfim um ano atrás, para ele não poder me chamar de ladrãozinho quando eu voltar. Espero que ele tenha recebido. Quanto ao resto, tanto se me dá. Deixei lenha empilhada para vocês. Era a minha antiga casa. Vocês encontraram?'

"Eu lhe entreguei o livro de Towson. Cheguei a achar que o jovem me daria um beijo, mas ele se conteve. 'O único livro que me restava e eu achei que tinha perdido', disse ele, olhando extasiado para o livro. 'Tantos acidentes acontecem com quem viaja sozinho, sabe. Às vezes as canoas viram — e às vezes você precisa ir embora tão depressa quando as pessoas se enfurecem.' Folheou as páginas. 'Você tomou notas em russo?', perguntei. Ele assentiu com a cabeça. 'Pensei que estivessem escritas em código', observei. Ele riu, e depois ficou sério. 'Tive muitos problemas para manter essas pessoas à distância', disse. 'Queriam matá-lo?', perguntei. 'Ah, não!', exclamou ele, e calou-se. 'Por que eles nos atacaram?', continuei. Ele hesitou, e depois disse com um ar envergonhado: 'Não querem que ele vá embora'. 'É mesmo?', perguntei, curioso. Ele assentiu com um gesto carregado de mistério e sabedoria. 'Vou lhe dizer', exclamou, 'esse homem ampliou o meu espírito.' E abriu muito os braços, olhando para mim com os seus pequenos olhos azuis perfeitamente redondos."

3

"**Fiquei olhando para ele**, perdido de espanto. Lá estava esse jovem à minha frente, com seu traje multicor, como que fugido de uma companhia de saltimbancos, fabuloso, cheio de entusiasmo. Sua própria existência era improvável, inexplicável, e totalmente desconcertante. Ele era um problema insolúvel. Já era impossível imaginar de que modo ele subsistia, como conseguira chegar tão longe, como encontrara meios de lá permanecer — por que não desaparecia instantaneamente. 'Fui um pouco mais longe', contou, 'e depois um pouco mais longe ainda — até chegar tão longe que não sei como fazer para um dia voltar. Não importa. Tempo de sobra! Dou um jeito. Leve Kurtz embora depressa — depressa — estou dizendo.' O encanto da juventude revestia os seus trapos multicoloridos, a sua miséria, a sua solidão, a desolação essencial das suas fúteis perambulações. Por meses — anos — ele parecera nem ter um dia a mais de vida; mas ali estava ele, galante e impensadamente vivo, indestrutível, a julgar pela aparência, em virtude apenas dos seus poucos anos e da sua audácia irrefletida. Fiquei seduzido, e senti despertar em mim algo que se assemelha à admiração — à inveja. Era graças ao encanto que ele seguia em frente, era o encanto que o mantinha incólume. Só esperava da selva o espaço que lhe permitisse respirar e avançar ainda mais. Sua necessidade era existir e seguir em frente correndo o maior risco possível e passando pelo máximo de privação. Se o espírito de aventura em estado puro, totalmente desprovido de cálculo e de prática, jamais regeu um ser humano, governava aquele jovem coberto de remendos. Eu quase o invejava por possuir aquela chama modesta e clara. Parecia ter consumido tão completamente qualquer preocupação consigo próprio que, mesmo enquanto ele falava, você esquecia que era ele — o homem diante dos seus olhos — quem havia passado por todas aquelas coisas. Não invejei, contudo, a sua devoção por Kurtz. Ele não tinha meditado sobre ela. Era uma coisa que lhe acontecera, e que ele aceitava com uma espécie de fatalismo impaciente. Devo dizer que a mim ela pareceu, sob todos os aspectos, o maior perigo que ele jamais precisara enfrentar.

"O encontro entre eles fora inevitável, como o de dois navios próximos detidos por uma calmaria que, finalmente, encostassem os cascos um no outro. Imagino que Kurtz quisesse uma plateia, porque numa certa ocasião, quando estavam acampados na floresta, tinham falado a noite inteira ou, mais provavelmente, Kurtz tinha falado. 'Falamos de tudo', contou ele, ainda empolgado pela lembrança. 'Esqueci a existência do sono. A noite inteira parece ter durado menos de uma hora. De tudo! De tudo!... E do amor, também.' 'Ah, ele lhe falou de amor!', observei, achando muita graça. 'Não é o que o senhor está pensando', gritou ele, quase apaixonadamente. 'Foi de um modo geral. Ele me fez ver coisas — coisas.'

"Atirou os braços para o alto. Estávamos no convés àquela altura, e o capataz dos meus lenhadores, recostado ali perto, assestou nele seus olhos pesados e cintilantes. Olhei em volta e não sei por quê, mas posso lhes garantir que nunca, nunca antes, aquela terra, aquele rio, aquela selva, até mesmo a cúpula daquele céu refulgente, pareceram-me tão aziagos e sombrios, tão impenetráveis ao pensamento humano, tão impiedosos com a fraqueza humana. 'E, depois disso, tem estado sempre com ele, claro?', perguntei.

"Pelo contrário. Parece que a relação entre os dois havia sido muito intermitente, por causas diversas. Ele tinha conseguido, como me informou com orgulho, tratar de Kurtz ao longo de duas doenças (aludia a isso como se falasse de uma façanha extremamente perigosa), mas no geral Kurtz costumava vagar sozinho pelas profundezas distantes da floresta. 'Muitas vezes, quando chegava a este posto, eu precisava esperar dias e dias até que ele aparecesse', contou ele. 'Ah, e a espera valia a pena — às vezes.' 'Mas o que fazia? exploração, ou o quê?', perguntei. Ah! Sim. Claro; descobrira muitas aldeias, e também um lago — não sabia exatamente em que direção; era perigoso perguntar demais — mas a maioria das suas expedições eram em busca de marfim. 'Mas ele não tinha mais mercadorias para usar na troca a essa altura', objetei. 'O estoque de cartuchos que sobrou ainda é grande', respondeu ele, desviando o olhar. 'Falando claramente, ele pilhava a região', disse eu. E ele assentiu com a cabeça. 'Não sozinho, certamente!' Ele murmurou alguma coisa sobre as aldeias em torno do tal lago. 'Kurtz convenceu a tribo a segui-lo, não foi?', sugeri. Ele ficou um pouco agitado. 'Eles o adoravam', respondeu. O tom dessas suas palavras foi tão extraordinário que olhei para ele com um ar inquisidor. Era curiosa, a mistura de ansiedade e relutância com que falava de Kurtz. Aquele homem preenchia a sua vida, ocupava os seus pensamentos, dominava as suas emoções. 'O que o senhor podia esperar?', explodiu; 'chegou a eles trazendo o raio e o trovão, sabe — e eles nunca tinham visto nada parecido — uma coisa aterrorizante. Ele era capaz de causar muito terror. Não se pode julgar o sr. Kurtz como se julga um homem comum. Não, não, não! Agora — só para lhe dar uma ideia — não me incomodo de lhe contar, ele também quis me matar um dia — mas eu não o julgo.' 'Matá-lo!', exclamei. 'Por quê?' 'Bem, eu tinha um pouco de marfim que o chefe da aldeia próxima da minha casa tinha me dado. Entende, eu caçava a tiros para eles. Pois bem, ele queria o marfim, e se recusava a ouvir a razão. E declarou que me mataria se eu não lhe desse o marfim e depois fosse embora dali, porque ele podia, porque queria, e não havia nada no mundo que o impedisse de matar quem bem entendesse. Era verdade. E eu lhe entreguei o marfim. Que diferença podia fazer? Mas não fui embora. Não, não. Não consegui deixá-lo. Precisei tomar cuidado, claro, até voltarmos a ficar amigos por algum tempo. E foi então que ele teve a segunda doença. Depois disso precisei me afastar, mas eu não me incomodava. Ele passava a maior parte do tempo nas aldeias à beira do lago. Quando descia para o rio, às vezes se aproximava de mim e às vezes era melhor eu tomar muito cuidado. Esse homem sofria demais. Detestava isso tudo, mas de algum modo não conseguia deixar a área. Sempre que eu tinha a oportunidade, suplicava que ele tentasse ir embora enquanto ainda havia tempo; e me ofereci para voltar com ele. Ele concordava comigo — mas depois ficava — partia em mais uma expedição de caça ao marfim — desaparecia por semanas — esquecia-se de si no meio dessa gente — esquecia-se de si — sabe como é.' 'Ora! ficou louco', comentei. Ele protestou, indignado. O sr. Kurtz não podia estar louco. Se eu o tivesse ouvido falar, só dois dias antes, jamais me atreveria a sugerir aquilo... Eu pegara o meu binóculo enquanto conversávamos, e examinava a margem do rio, varrendo a orla da floresta dos dois lados e por trás da casa. A consciência de que havia pessoas naquela mata, tão silenciosas, tão imóveis — tão silenciosas e imóveis quanto a casa arruinada no alto da encosta — provocava-me um grande desconforto. Na face aparente da natureza, não havia sinal dessa história espantosa que me era menos narrada do que sugerida por exclamações desoladas, acompanhadas de ombros encolhidos, frases interrompidas, alusões arrematadas com suspiros profundos. A floresta mantinha-se impassível como uma máscara — pesada, como o portão fechado de uma prisão — e nos contemplava com o seu ar de conhecimento oculto, de espera paciente, de silêncio inacessível. O russo me explicava que só recentemente o sr. Kurtz descera de volta para o rio, trazendo consigo todos os guerreiros da tribo do lago. Passara vários meses ausente — deixando-se adorar, imagino — e chegara de surpresa, segundo todas as aparências com a intenção de lançar um ataque, fosse na outra margem do rio ou rio abaixo. Era evidente que o apetite por mais marfim tinha suplantado as suas — como dizer? — aspirações menos materiais. No entanto, sua saúde piorara muito depressa. 'Ouvi dizer que ele estava deitado sem poder se mexer, e fui até lá — decidi correr o risco', contou-me o russo. 'Ah, ele está mal, muito mal.' Apontei meu binóculo para a casa. Não havia sinal de vida, mas lá estavam o telhado arruinado, a longa parede de barro que se elevava um pouco acima da relva, com três aberturas quadradas servindo de janelas, todas de tamanho diferente; tudo posto ao alcance da minha mão, por assim dizer. E então eu fiz um movimento brusco, e um dos esteios restantes da cerca desaparecida entrou de chofre no campo da minha lente. Vocês lembram que eu lhes contei ter ficado impressionado à distância por um certo esforço de ornamentação, tão notável em contraste com o aspecto arruinado do lugar. Mas agora eu enxergava mais de perto, e o efeito foi que atirei a cabeça para trás, como que em resposta a um soco. Em seguida examinei cuidadosamente esteio por esteio com o binóculo, e percebi meu engano. Aquelas protuberâncias redondas não eram ornamentais, mas simbólicas; eram expressivas e enigmáticas, chocantes e perturbadoras — alimento para as minhas reflexões e também para os abutres, se houvesse algum olhando das alturas; em todo caso, pelo menos para as formigas de iniciativa suficiente para escalar as estacas. E teriam sido ainda mais impressionantes, aquelas cabeças cravadas nas estacas, se não estivessem com o rosto virado para a casa. Só uma delas, a primeira que distingui, estava voltada na minha direção. Não fiquei tão chocado quanto vocês podem imaginar. O sobressalto que tive foi só na verdade um movimento de surpresa. Eu esperava ver ali uma esfera de madeira, sabem. Voltei deliberadamente para a primeira que eu tinha visto — e lá estava ela, negra, ressecada, murcha, com as pálpebras fechadas — uma cabeça que parecia dormir na ponta daquela estaca, e, com os lábios secos e murchos a revelar uma estreita linha branca dos dentes, também sorria, sorria continuamente de algum sonho interminável e engraçado que tivesse naquele sono eterno.

"Não estou revelando nenhum segredo comercial. Na verdade, o Gerente disse mais tarde que os métodos do sr. Kurtz haviam arruinado aquele distrito. Não tenho opinião a respeito, mas quero que vocês entendam claramente que a presença ali daquelas cabeças não era propriamente vantajosa. Elas só mostravam que o sr. Kurtz não conseguira ter comedimento na gratificação das suas várias paixões, que alguma coisa lhe faltava — algum pequeno fator que, quando surgia a necessidade urgente, não era possível encontrar na sua eloquência magnífica. Se ele próprio sabia dessa deficiência, não sei dizer. Acho que finalmente deu-se conta — só muito perto do fim. Mas a selva a descobrira desde cedo, e exercera contra ele uma vingança terrível pela invasão absurda. Acho que lhe revelara aos sussurros coisas sobre si mesmo que ele próprio não sabia, coisas de que nunca teve ideia antes de dar ouvidos àquela imensa solidão — e o sussurro se mostrara de um fascínio irresistível. Despertara ecos sonoros em seu interior, porque ele era oco por dentro... Baixei o binóculo, e a cabeça que me parecera próxima a ponto de me ouvir deu na mesma hora a impressão de saltar para muito longe de mim, a uma distância inacessível.

"O admirador do sr. Kurtz manifestou um certo abatimento. Numa voz apressada e indistinta, começou me assegurando que não se atrevera a remover aqueles — digamos, símbolos — dali. Não que temesse os nativos; eles não fariam nada sem ordens do sr. Kurtz. A ascendência dele era extraordinária. Os acampamentos daquela gente cercavam toda a área, e os chefes iam vê-lo todo dia. Aproximavam-se rastejando... 'Não quero saber das cerimônias usadas para chegar ao sr. Kurtz', gritei. Curiosa, a sensação que me tomou, de que esses detalhes seriam mais intoleráveis do que aquelas cabeças secando nas estacas debaixo das janelas do sr. Kurtz. Afinal, eram apenas um espetáculo selvagem e, na região sem luz de horrores sutis a que eu me sentira transportado num salto, a selvageria pura e sem complicações constituía um autêntico alívio, por ser alguma coisa que tinha o direito de existir — com toda a obviedade — à luz do sol. O jovem olhou para mim surpreso. Imagino que não lhe passasse pela cabeça que o sr. Kurtz não fosse um ídolo para mim. Esqueceu que eu não ouvira nenhum daqueles esplêndidos monólogos sobre — o que mesmo? — o amor, a justiça, a conduta na vida — ou o que fosse. Se fosse o caso de rastejar diante do sr. Kurtz, ele também se disporia a rastejar, como o mais selvagem dos selvagens. Eu não tinha ideia da situação, disse ele: as cabeças eram cabeças de rebeldes. E eu o deixei muito espantado quando comecei a rir. Rebeldes! Qual seria a próxima definição que eu ainda iria ouvir?

Tinham-me falado de inimigos, criminosos, trabalhadores — e aqueles eram — rebeldes. Aquelas cabeças rebeladas me pareciam muito submissas nas suas estacas. 'O senhor não sabe o quanto uma vida assim põe à prova um homem como Kurtz', exclamou o último discípulo de Kurtz. 'Bem, e você?', perguntei. 'Eu! Eu! Sou um homem simples. Não tenho grandes pensamentos. Não quero nada de ninguém. Como o senhor pode me comparar a?...' A sua emoção superou a capacidade da fala, e ele se interrompeu de chofre. 'Não entendo', grunhiu ele. 'Venho fazendo o possível para mantê-lo vivo, e basta. Não tive nada a ver com isso. Não tenho nenhum talento. Faz meses que não chega aqui uma gota de remédio ou um bocado de comida para uma pessoa doente. Ele foi vergonhosamente abandonado. Um homem como ele, com as ideias que tem. É uma vergonha! Uma vergonha! Eu — eu — faz dez noites que não durmo...'

"A sua voz se perdeu na calma do anoitecer. As longas sombras da floresta tinham descido pelas faldas do morro enquanto conversávamos, ultrapassando em muito a cabana arruinada, a fileira simbólica de estacas. E tudo isso mergulhara na penumbra enquanto nós, ali ao pé da encosta, ainda estávamos ao sol, e o trecho de rio que banhava a clareira cintilava com um esplendor tranquilo e ofuscante, entre uma curva indistinta envolta em sombras rio acima e outra mais abaixo. Não havia vivalma visível na margem. As folhas da mata nem se mexiam.

"De repente, contornando um dos cantos da casa, um grupo de homens apareceu, como se tivesse brotado do chão. Atravessavam a relva que lhes chegava à cintura, formando um bloco compacto que, no meio, carregava uma padiola improvisada. No mesmo instante, no vazio da paisagem, ergueu-se um grito cuja estridência perfurou o ar parado como uma flecha pontiaguda disparada contra o próprio coração da Terra. E, como que por encanto, a floresta de face escura e pensativa despejou na clareira torrentes de seres humanos — seres humanos nus — com lanças nas mãos, com arcos, com escudos, com um olhar feroz e movimentos selvagens. As folhas se sacudiram, a relva balançou por algum tempo, e depois tudo se aquietou numa imobilidade atenta.

"'Agora, se ele não lhes disser a coisa certa, estamos perdidos', disse o russo ao meu lado. O grupo de homens com a padiola também se detivera, a meio caminho do vapor, como que petrificado. Vi o homem sentado na padiola, magro e com um braço erguido, acima dos ombros dos carregadores. 'Esperemos que o homem capaz de falar tão bem do amor em geral encontre algum motivo para nos poupar desta vez', disse eu. Eu me ressentia amargamente do perigo absurdo da nossa situação, como se estar à mercê daquele fantasma horrendo fosse uma necessidade desonrosa. Eu não escutava nada, mas através do binóculo pude ver o braço fino estendido num gesto de comando, o maxilar inferior a se mover, os olhos daquela aparição cintilando escuros no fundo do crânio ossudo, que oscilava com espasmos grotescos. Kurtz — Kurtz — significa 'curto' em alemão — não é? Pois o nome era tão verdadeiro quanto tudo mais na sua vida — e na sua morte. Parecia ter bem mais de dois metros de altura. Suas cobertas tinham escorregado, e o seu corpo emergia delas deplorável e assustador, como de um sudário. Eu via as costelas do seu tórax em movimento, os ossos dos seus braços acenando. Era como se uma imagem animada da morte entalhada em marfim antigo sacudisse o punho com ameaças para uma multidão imóvel de homens esculpidos em bronze escuro e reluzente. Eu o vi abrir muito a boca — o que lhe dava um aspecto estranhamente voraz, como se quisesse engolir todo o ar, toda a terra, todos os homens que tinha diante de si. Uma voz grave chegou fraca aos meus ouvidos. Ele devia estar gritando. E deixou-se cair de repente. A padiola balançava quando os carregadores recomeçaram a avançar, e quase ao mesmo tempo vi que a multidão de selvagens desaparecia sem qualquer movimento perceptível de retirada, como se a floresta que expelira repentinamente aquelas criaturas tivesse agora começado a recolhê-las de volta, da mesma forma como sugamos o ar numa aspiração prolongada.

"Alguns dos peregrinos atrás da padiola carregavam as armas de Kurtz — duas espingardas, um fuzil militar pesado e uma carabina mais leve, de repetição — os raios à disposição daquele Júpiter deplorável. O Gerente, que caminhava ao lado da sua cabeça, debruçou-se sobre ele e murmurou alguma coisa. Acomodaram-no numa das pequenas cabines — com lugar apenas para uma cama e um ou dois banquinhos dobráveis, sabem como é. Tínhamos trazido a sua correspondência atrasada, e a cama dele ficou coalhada de envelopes rasgados e cartas abertas. Sua mão vagava debilmente em meio a esses papéis. Fiquei impressionado com o fogo nos seus olhos e a exaustão composta da sua expressão. E não era tanto o esgotamento da doença. Ele não dava a impressão de sentir dor. Aquela sombra parecia saciada e calma, como se por enquanto estivesse farta de todas as emoções.

"Amassou uma das cartas e, olhando direto para o meu rosto, disse: 'Ainda bem'. Alguém lhe escrevera a meu respeito. Aquelas recomendações especiais voltavam a aparecer. O volume de som que ele conseguia emitir sem esforço, quase sem se dar o trabalho de mover os lábios, deixou-me espantado. Uma voz! uma voz! Era grave, profunda, vibrante, embora o homem não parecesse capaz de um sussurro. Ainda assim, restava-lhe força suficiente — factícia, sem dúvida — para quase provocar o nosso fim, como lhes contarei agora.

"O Gerente apareceu silencioso à porta; eu me retirei na mesma hora, e ele fechou a cortina à minha saída. O russo, observado com curiosidade pelos peregrinos, olhava fixo para a margem. Segui a direção do seu olhar.

"Era possível distinguir à distância escuras silhuetas humanas que se deslocavam indistintamente contra a orla sombreada da floresta, e perto do rio duas figuras de bronze apoiadas em lanças altas se erguiam ao sol cobertas por fantásticos adornos de cabeça feitos de peles pintalgadas, com uma aparência marcial mas ainda assim imóveis como estátuas. Da direita para a esquerda ao longo da margem iluminada, movia-se uma aparição selvagem e magnífica de mulher.

"Ela caminhava a passos medidos, envolta em panos de riscas e adornados de franjas, pisando altivamente o chão batido com um ligeiro chacoalhar e um rápido brilho de bárbaros ornamentos. Trazia a cabeça muito erguida, seus cabelos estavam arrumados na forma de um elmo, usava grossas argolas de latão dos pés até os joelhos, braceletes de fio de latão que lhe iam até os cotovelos, uma pinta carmesim na face castanha, inúmeros colares de contas de vidro no pescoço, coisas bizarras, amuletos, oferendas de feiticeiros, que pendiam da sua pessoa, cintilavam e estremeciam a cada passo. Devia carregar no corpo o valor de várias presas de elefante. Era selvagem e soberba, magnífica com o seu olhar desvairado; havia algo de sinistro e imponente no seu passo decidido. E em meio ao súbito silêncio que caíra sobre toda aquela pobre terra, a selva imensa, o corpo colossal da vida fecunda e misteriosa parecia olhá-la, do fundo dos seus pensamentos, como se contemplasse a imagem da sua própria alma apaixonada e tenebrosa.

"Ela se emparelhou com o vapor, parou e virou-se para nós. Sua comprida sombra se estendia até a água. Seu rosto tinha um aspecto trágico e feroz de sofrimento impetuoso e de dor surda, combinado ao medo de alguma decisão quase tomada mas que ela ainda debatia intimamente. Ficou olhando para nós sem se mover e lembrando a própria selva, com o ar de ponderar alguma finalidade insondável. Passou-se um minuto inteiro, e então ela deu um passo para a frente. Ouviu-se um chacoalhar discreto, viu-se um lampejo de metal amarelo, um balanço de panos e franjas, e ela parou como se o seu coração tivesse falhado. O jovem ao meu lado rosnou. Os peregrinos murmuravam às minhas costas. Ela olhou para todos nós como se a sua vida dependesse da firmeza inabalável do seu olhar. De repente, abriu os braços nus e os esticou rígidos acima da cabeça, como que tomada pelo desejo incontrolável de tocar o céu, e no mesmo momento as sombras rápidas entraram em movimento sobre a terra, espalharam-se pelo rio, cercando o vapor num abraço escuro. Um silêncio formidável pairava sobre a cena.

"Ela se virou e afastou-se lentamente, caminhou seguindo a margem e entrou na floresta à esquerda. Uma vez só os seus olhos ainda nos lançaram o seu brilho em meio ao crepúsculo da mata antes que ela desaparecesse.

"'Se ela tivesse feito menção de subir a bordo, acho realmente que eu teria tentado atirar nela', disse o homem dos remendos, em tom nervoso. 'Tenho arriscado a vida todos os dias nas últimas duas semanas para mantê-la fora da casa. Um dia ela entrou e criou um caso terrível por conta destes trapos miseráveis que recolhi no depósito para remendar a minha roupa. Eu não estava decente. Ao menos deve ter sido isso, porque ela falou furiosamente com Kurtz por uma hora, apontando para mim de vez em quando. Não entendo o dialeto dessa tribo. Felizmente para mim, acho que Kurtz estava indisposto demais naquele dia para se importar, ou a coisa poderia acabar mal. Eu não entendo... Não — é demais para mim. Ah, bem, agora já acabou.'

"Nesse momento, ouvi a voz grave de Kurtz atrás da cortina: 'Salvar a mim? — salvar o marfim, eis a verdade. Não me venha com essa! Salvar a *mim*! Ora, eu é que precisei salvar vocês. E agora ainda interrompem os meus planos. Doente! Doente! Não tão doente quanto o senhor gostaria de crer. Mas não importa. Ainda vou pôr as minhas ideias em ação — eu hei de voltar. E vou lhe mostrar o que pode ser feito. O senhor, com as suas ideias miúdas — e vem interferir nos meus planos. Eu hei de voltar. Eu...'.

"O Gerente saiu da cabine. Fez a honra de pegar-me pelo braço e me puxar de lado. 'Ele está muito fraco, muito fraco', disse ele. Julgou necessário emitir um suspiro, mas se esqueceu de manter o tom correspondente de pesar. 'Fizemos tudo que podíamos por ele — não foi? Mas não há como negar que o sr. Kurtz fez mais mal do que bem à Companhia. Não viu que ainda não era o momento de recorrer a uma ação mais enérgica. Cautela. Cautela. Eis o meu princípio. Ainda precisamos de cautela. O distrito está fechado para nós por algum tempo. É deplorável! No geral, o comércio vai sofrer. Não nego que a quantidade de marfim seja notável — quase todo fóssil. Precisamos salvá-lo, a qualquer custo — mas veja como a posição é precária — e por quê? Porque ele usou o método inadequado.' 'O senhor', perguntei, olhando para a margem, 'chama isso de "método inadequado"?' 'Sem dúvida', exclamou ele, acalorado. 'E o senhor, não?...' 'Não vejo método nenhum aqui', murmurei ao cabo de algum tempo. 'Exatamente', exultou ele. 'Como eu tinha previsto. O que demonstra uma completa falta de discernimento. Que eu tenho o dever de comunicar às devidas instâncias.' 'Ah', disse eu, 'aquele sujeito — como é que se chama — o fabricante de tijolos, há de preparar para o senhor um relatório muito apresentável.' Ele pareceu confuso por alguns instantes. Eu tive a impressão de que nunca respirara uma atmosfera tão abjeta, e me voltei mentalmente para Kurtz em busca de alívio — isso mesmo, de alívio. 'Apesar de tudo, acho que o sr. Kurtz é um homem notável', afirmei com ênfase. Ele teve um sobressalto, dirigiu-me um olhar frio e pesado, disse em voz muito baixa: '*Era*', e me virou as costas. Minha hora de estima especial havia passado; e me vi associado a Kurtz como mais um partidário de métodos cujo momento ainda não chegara. Mais um inadequado. Ah, mas já era alguma coisa poder pelo menos escolher meu pesadelo.

"Na verdade eu me voltara para a selva, e não para o sr. Kurtz, que, devo admitir, já estava praticamente enterrado. E por um instante me pareceu que eu também estava metido numa imensa sepultura, repleta de segredos inconfessáveis. Sentia um peso intolerável a me oprimir o peito, o cheiro da terra molhada, a presença invisível da corrupção vitoriosa, as trevas de uma noite impenetrável... O russo me bateu no ombro. Ouvi-o murmurar e gaguejar alguma coisa: 'Irmão navegante — não podia esconder — o conhecimento de fatos que podem afetar a reputação do sr. Kurtz'. Fiquei esperando. Para ele, era evidente que o sr. Kurtz ainda não baixara à sepultura; suspeito que para ele o sr. Kurtz fosse um dos imortais. 'Bem', disse eu finalmente, 'fale logo. A essa altura, eu sou amigo do sr. Kurtz — de certa maneira.'

"Com muita formalidade, começou dizendo que, se não fôssemos 'da mesma profissão', ele teria mantido o segredo, sem pensar nas consequências. Ele desconfiava que houvesse 'uma sensível má vontade contra ele da parte desses brancos que...'. 'Tem razão', disse eu, lembrando-me de uma certa conversa que ouvira por acaso. 'O Gerente acha que você devia ser enforcado.' Diante dessa informação, ele deu mostras de um temor que de início me divertiu. 'Então é melhor eu sair do caminho discretamente', disse ele com toda a seriedade. 'Não posso fazer mais nada por Kurtz, e logo eles iriam encontrar alguma desculpa. O que pode detê-los? O posto militar fica a quinhentos quilômetros daqui.' 'Também acho', disse eu, 'que talvez seja melhor você ir embora, se tiver algum amigo entre os selvagens próximos.' 'Muitos', disse ele. 'São uma gente simples — e eu não preciso de nada, sabe.' Mordeu o lábio, e depois disse: 'Não quero que nenhum mal aconteça a esses brancos daqui, mas claro que eu estava pensando na reputação do sr. Kurtz — só que o senhor é um irmão navegador e...'. 'Está bem', disse eu, ao final de algum tempo. 'A reputação do sr. Kurtz estará a salvo comigo.' E eu não sabia o quanto era verdade o que eu dizia.

"Ele me informou, baixando a voz, que fora Kurtz quem tinha dado a ordem para o ataque ao vapor. 'Às vezes ele não suportava a ideia de ser levado embora — e de fato... Mas não entendo dessas coisas. Sou um homem simples. Ele achou que vocês iriam se assustar e ir embora — que acabariam desistindo, achando que ele estava morto. Não consegui impedir. Ah, passei por maus bocados no último mês.' 'Bom', disse eu. 'Mas agora ele está bem.' 'Si-i-im', murmurou ele, sem muita convicção aparente. 'Obrigado', disse eu; 'vou ficar de olhos abertos.' 'Mas quieto — hein?', recomendou, ansioso. 'Seria horrível para a reputação dele se alguém aqui...' Prometi a mais completa discrição, em tom da maior seriedade. 'Tenho uma canoa e três pretos esperando não muito longe daqui. Será que o senhor podia me ceder alguns cartuchos de Martini-Henry?' Eu podia, e cedi, com o devido segredo. Ele ainda se serviu, piscando-me o olho, de um pouco do meu tabaco. 'Entre marinheiros — sabe — o bom tabaco inglês.' E, na porta da casa do leme, ele se virou: 'Aliás, será que o senhor não tem um par de sapatos que pudesse me emprestar?'. E levantou uma perna. 'Olhe.' As solas estavam amarradas com cordões cheios de nós, como sandálias, aos seus pés descalços. Desencavei um par de sapatos velhos, que ele contemplou com admiração antes de enfiá-los debaixo do braço esquerdo. Um dos seus bolsos (de um vermelho vivo) estava repleto de cartuchos, do outro (azul-escuro) emergia o livro de Towson, *Investigação* etc. etc. Ele dava a impressão de se achar excelentemente bem equipado para um novo embate com a selva. 'Ah! Nunca, nunca voltarei a encontrar um homem igual. O senhor devia tê-lo ouvido recitar poesia — e escrita por ele mesmo, ainda por cima, ele me disse. Poesia!' Revirou os olhos ao rememorar aqueles deleites. 'Ah, ele ampliou o meu espírito!' 'Adeus', disse eu. Ele apertou a minha mão e desapareceu na noite. Às vezes eu me pergunto se realmente o vi — se foi mesmo possível o encontro com semelhante fenômeno!...

"Quando acordei, pouco depois da meia-noite, o seu aviso me voltou à mente com uma sugestão de perigo que me pareceu, na escuridão estrelada, real o bastante para me fazer levantar e olhar em volta. Na encosta ardia uma fogueira enorme, lançando a sua luz intermitente sobre um canto torto da sede do posto. Um dos agentes, acompanhado de um piquete de alguns dos nossos negros, armados para a ocasião, vigiava o marfim, mas bem no fundo da floresta fulgores vermelhos que oscilavam, que pareciam afundar no chão e dele emergir entre confusas formas colunares de intenso negror, mostravam a posição exata do acampamento onde os adoradores do sr. Kurtz mantinham a sua vigília inquieta. A batida monótona de um grande tambor enchia o ar de pancadas abafadas e de uma vibração persistente. Uma zoada constante produzida por muitos homens, que entoavam cada um para si algum feitiço bizarro, erguia-se da muralha compacta e negra da mata como o zumbido das abelhas emerge de uma colmeia, e exercia um estranho efeito narcótico sobre os meus sentidos semidespertos. Acredito que cochilei apoiado na amurada até que uma explosão abrupta de berros, a irrupção avassaladora de um frenesi represado e misterioso, acordou-me espantado e confuso. Cessou bruscamente, e o zumbido baixo recomeçou, produzindo um efeito de silêncio audível e reconfortante. Olhei casualmente para a pequena cabine. Uma luz ardia no interior, mas o sr. Kurtz não estava lá.

"Acho que eu teria começado a gritar se houvesse acreditado nos meus olhos. Num primeiro momento, porém, não acreditei — de tão impossível que aquilo parecia. O fato é que fiquei totalmente acovardado por um medo cru e absoluto, um terror abstrato em estado puro, sem ligação com qualquer forma distinta de perigo físico. O que tornava aquela emoção tão esmagadora era o — como posso definir? — choque moral que senti, como se alguma coisa absolutamente monstruosa, intolerável ao pensamento e odiosa para a alma, houvesse caído de chofre em cima de mim. Isso só durou, claro, uma fração mínima de segundo, e em seguida a sensação habitual de perigo mortal comum, a possibilidade de um ataque repentino e de um massacre, ou coisa do gênero, que eu via como iminente, foi positivamente bem-vinda e tranquilizadora. Acalmou-me a tal ponto, na verdade tanto, que não dei o alarme.

"Havia um agente abotoado no interior de um impermeável, adormecido numa cadeira no convés a um metro de onde eu me encontrava. Os berros não o tinham despertado; ressonava muito de leve. Deixei-o entregue aos seus sonhos e pulei em terra. Não traí o sr. Kurtz — recebera ordens de jamais traí-lo — estava escrito que eu devia ser leal ao pesadelo da minha escolha. Estava ansioso para tratar diretamente com essa sombra, a sós — e até hoje desconheço a que se devia meu tamanho empenho em não compartilhar com ninguém o peculiar negror dessa experiência.

"Assim que cheguei ao alto da margem, vi uma trilha — uma trilha larga que atravessava a relva. Lembro-me da exultação com que pensei: 'Ele não está conseguindo caminhar — está se arrastando de quatro — não me escapa'. A relva estava úmida de orvalho. Avancei depressa, com os punhos cerrados. Imagino que tivesse alguma vaga intenção de cair em cima dele e dar-lhe uns murros. Não sei. Eu às vezes tinha pensamentos imbecis. A velha que tricotava com seu gato se intrometeu na minha memória e me pareceu uma pessoa muito inadequada para estar instalada na outra extremidade desse caso. Vi uma fileira de peregrinos disparando chumbo para o ar com as Winchesters apoiadas nos quadris. Pensei que nunca fosse voltar para o vapor, imaginei-me vivendo sozinho e desarmado no meio da mata até uma idade avançada. Todos esses absurdos — sabem como é. E lembro que confundi as batidas do tambor com as batidas do meu coração, e fiquei satisfeito com a sua calma regularidade.

"Continuei a seguir aquele caminho — e depois parei para escutar. A noite estava claríssima, um espaço azul-escuro reluzindo de orvalho sob o brilho das estrelas, em que coisas negras se espalhavam muito imóveis. Julguei ter visto algum tipo de movimento à minha frente. Eu estava estranhamente confiante em relação a tudo naquela noite. Afastei-me da trilha e descrevi correndo um amplo semicírculo (e acredito até que ria sozinho), indo me postar à frente daquela agitação ligeira, daquele movimento que eu tinha visto na relva — se é que realmente tinha visto alguma coisa. Contornei Kurtz como se aquilo fosse uma brincadeira de criança.

"Cheguei exatamente ao ponto onde ele estava, e se ele não tivesse ouvido a minha aproximação eu teria na verdade caído em cima dele, mas ele se levantou a tempo. Pôs-se de pé, trôpego, comprido, pálido, indistinto como um vapor exalado pela terra, e cambaleava ligeiramente, enevoado e silencioso diante de mim, enquanto às minhas costas as fogueiras assomavam entre as árvores e o murmúrio de muitas vozes emanava da floresta. Eu cortara habilidosamente o seu caminho, mas quando me vi de fato à sua frente tive a sensação de cair em mim; vi o perigo em sua verdadeira proporção. Ainda estava longe de ter passado. E se ele começasse a gritar? Embora mal conseguisse ficar de pé, ainda havia bastante vigor na sua voz. 'Vá embora — esconda-se', disse ele naquele tom grave. Foi muito assustador. Olhei para trás. Estávamos a menos de trinta metros da fogueira mais próxima. Uma silhueta negra se pôs de pé e começou a caminhar com as compridas pernas negras, gesticulando com os compridos braços negros contra a luz do fogo. Tinha chifres —

chifres de antílope, acho eu — na cabeça. Algum bruxo, algum feiticeiro, sem dúvida; tinha um ar bastante demoníaco. 'O senhor sabe o que está fazendo?', sussurrei. 'Perfeitamente', respondeu ele, levantando a voz para dizer aquela única palavra; soou distante em meus ouvidos, mas ainda assim muito alta, como uma saudação amplificada por um porta-voz. Se ele começa a brigar estamos perdidos, pensei. Ficou claro que não era o caso de uma troca de socos, independentemente da aversão muito natural que eu sentia pela ideia de golpear aquela Sombra — aquela coisa errante e atormentada. 'O senhor estará perdido', disse eu — 'completamente perdido.' Às vezes temos esses lampejos de inspiração, sabem. Eu disse a coisa certa, embora na verdade ele não tivesse como perder-se mais irremediavelmente do que já estava perdido naquele exato momento em que as bases da nossa intimidade eram lançadas — para durar — para durar — até o fim — e ainda mais além.

"'Eu tinha planos imensos', murmurou ele indeciso. 'Sim', disse eu; 'mas se o senhor tentar gritar eu arrebento a sua cabeça com...' Não havia por perto nem pau nem pedra. 'Eu estrangulo o senhor de uma vez por todas', corrigi-me. 'Eu estava no limiar de grandes coisas', insistiu ele com uma voz cheia de desejo e um tom de súplica que me gelou o sangue. 'Agora, por causa desse canalha estúpido...' 'O seu sucesso na Europa está garantido em todo caso', afirmei em tom seguro. Não tinha a menor vontade de estrangulá-lo, vocês entendem — o que aliás teria adiantado muito pouco do ponto de vista prático. Tentei quebrar o feitiço, o feitiço pesado e mudo da selva que parecia atraí-lo para o seu seio impiedoso apelando para instintos esquecidos e brutais, a memória de paixões monstruosas e gratificadas. Fora só isso, eu estava convencido, que o impelira até a beira da floresta, até a mata, na direção do lume das fogueiras, da pulsação dos tambores, do fervilhar de estranhas palavras mágicas; fora só isso que convencera a sua alma desobediente a ultrapassar os limites das aspirações permitidas. E, vocês não veem, o terror daquela posição não estava em ser golpeado na cabeça — embora eu também tivesse uma consciência muito aguda desse risco — mas no fato de me ver às voltas com uma criatura a quem eu não podia apelar em nome de nada mais alto ou mais baixo. Exatamente como no caso dos negros, eu precisava invocar a ele — a ele próprio — a sua própria degradação exaltada e inacreditável. Não havia nada que estivesse acima ou abaixo dele, e eu sabia. Ele decidira se desprender da Terra. Maldito seja! despedaçara a própria Terra a pontapés. Ele estava só, e diante dele eu não sabia se pisava o chão ou flutuava no ar. Eu lhes contei até aqui tudo que dissemos — repetindo as frases que pronunciamos — mas de que adianta? Eram palavras comuns do cotidiano — os vagos sons costumeiros que trocamos todos os dias da vida. Mas naquele momento? Traziam atrás de si, a meu ver, o terrível poder de sugestão das palavras ouvidas em sonho, das frases ditas nos pesadelos. Alma! Se alguém já lutou com uma alma, esse homem fui eu. E tampouco discutia com um lunático. Acreditem ou não, sua inteligência estava perfeitamente clara — concentrada em si próprio, é verdade, com uma intensidade horrível, mas clara; e era aí que residia a minha única possibilidade — salvo, claro, matá-lo ali mesmo, o que não era uma ideia tão boa por causa do barulho inevitável. Mas a alma dele estava louca. Vivendo sozinha na selva, ela olhara no fundo de si mesma e, pelos Céus eu lhes garanto, ficara louca. E me vi obrigado — para pagar os meus pecados, imagino — a passar pela provação de contemplá-la eu também. Nenhuma eloquência poderia ter devastado mais a fé que conservamos na humanidade do que a sua explosão final de sinceridade. Ele estava em conflito também consigo próprio. Eu vi — eu ouvi. Pude ver o mistério inimaginável de uma alma que não conhecia freios, fé ou medo, mas que travava uma luta cega consigo mesma. Consegui não perder a cabeça, mas assim que tornei afinal a estendê-lo na cama da cabine, enxuguei a testa enquanto as minhas pernas tremiam como se eu tivesse descido aquela colina com meia tonelada de carga nas costas. E no entanto eu só o tinha sustentado para andar, com o braço ossudo em volta do meu pescoço — e ele não pesava muito mais que uma criança.

"Quando no dia seguinte partimos ao meio-dia, a multidão, de cuja presença por trás da cortina das árvores eu tivera consciência aguda o tempo todo, tornou a transbordar da mata, enchendo a clareira, cobrindo a encosta com uma massa de corpos de bronze nus, resfolegantes, frementes. Fiz o barco subir um pouco a corrente depois virei rio abaixo, e dois mil olhos acompanharam as evoluções daquele demônio do rio que espadanava, ruidoso e feroz, ferindo as águas com a sua cauda terrível e exalando no ar uma fumaça negra. Na frente da primeira fila ao longo da margem, três homens revestidos de terra vermelha da cabeça aos pés pavoneavam-se incessantemente de um lado para o outro. Quando tornamos a passar diante deles, puseram-se de frente para o rio, bateram os pés no chão, inclinaram as cabeças ornadas de chifres, balançaram seus corpos escarlates; sacudiram para o feroz demônio do rio um penacho de plumas negras, uma pele carcomida com uma cauda pendente — alguma coisa que parecia uma cabaça seca; e gritavam juntos, a intervalos, uma enfiada de palavras espantosas que não lembravam nenhum som da fala humana; e os murmúrios graves da multidão, inesperadamente interrompidos, pareciam o responsório de alguma litania satânica.

"Tínhamos transportado Kurtz para a casa do leme: ali era mais arejado. Deitado no sofá, ele olhava pela janela aberta. Vimos um torvelinho no meio da massa de corpos humanos, e a mulher com os cabelos em forma de elmo e as faces castanhas veio correndo até a beira da água. Estendeu as mãos, gritou alguma coisa, e toda aquela multidão selvagem repetiu seu grito num coro ensurdecedor de vozes articuladas, abruptas e sem fôlego.

"'O senhor entende isso?', perguntei.

"Ele continuou olhando além de mim com olhos ardentes e ávidos, exibindo uma expressão que combinava a tristeza e o ódio. Não respondeu, mas vi um sorriso, um sorriso de significado indefinível, aparecer nos seus lábios descoloridos que dali a pouco começaram a tremer convulsivamente. 'E não entendo?', disse ele lentamente, arquejante, como se as palavras lhe fossem arrancadas por uma força sobrenatural.

"Puxei o cordão do apito, e isso porque via os peregrinos a bordo preparando os seus fuzis com o ar de quem antecipava uma grande diversão. Ao berro súbito do apito, uma onda de terror abjeto se espalhou por aquela massa compacta de corpos. 'Não! não os espante', gritou alguém do convés, desconsolado. E puxei o cordão várias e várias vezes. Eles desataram a correr, eles saltavam, eles se agachavam, eles giravam, tudo para fugir do terror aéreo daquele som. Os três homens vermelhos tinham se atirado de bruços no chão, o rosto contra a terra da margem, como que atingidos por um tiro mortal. Só a mulher bárbara e soberba sequer se esquivou, estendendo tragicamente os braços nus para nós por cima do rio escuro e reluzente.

"E então aquele grupo de imbecis no convés começou a sua pequena diversão, e não vi mais nada por causa da fumaça.

"As águas pardacentas corriam rápidas para longe do coração das trevas, levando-nos rio abaixo na direção do mar ao dobro da velocidade do nosso avanço a montante; e a vida de Kurtz também se escoava depressa, esvaindo-se, esvaindo-se do seu coração para ir desaguar no mar do tempo inexorável. O Gerente estava muito sereno, já não tinha ansiedades de importância vital, e abarcava a nós dois com um olhar compreensivo e satisfeito: o 'caso' se resolvera da melhor maneira que se podia desejar. Eu via aproximar-se o momento em que eu seria o único partidário restante do 'método inadequado'. Os peregrinos me encaravam com desfavor. Eu era contado, por assim dizer, entre os mortos. Foi estranha a maneira como aceitei essa parceria imprevista, essa escolha de pesadelos a que me vi forçado na terra tenebrosa invadida por aqueles fantasmas ávidos e mesquinhos.

"Kurtz discorria. Uma voz! uma voz! Soou profunda até o fim. Sobrevivia às suas forças para ocultar nas dobras magníficas da eloquência as trevas estéreis do seu coração. Ah, ele lutou, ele lutou. As desoladas vastidões do seu cérebro exausto eram agora assombradas por imagens indistintas — imagens de riqueza e fama que giravam obsequiosas em torno do seu inextinguível dom da oratória nobre e altiva. Minha Prometida, meu posto, minha carreira, minhas ideias — eram esses os temas da sua emissão ocasional de sentimentos elevados. A sombra do Kurtz original frequentava a cabeceira daquela contrafação oca, destinada a um sepultamento próximo no húmus da terra primeva. Mas o amor demoníaco e o ódio sobrenatural dos mistérios em que ela havia penetrado disputavam a posse daquela alma saciada de emoções primitivas, ávida de fama insincera, de falsas honrarias, de todas as aparências do sucesso e do poder.

"Às vezes ele exibia uma infantilidade ignóbil. Desejava que reis fossem recebê-lo nas estações de trem quando da sua volta de algum tétrico Lugar Nenhum onde pretendia realizar grandes coisas. 'Você só precisa mostrar a eles que tem em si alguma coisa que pode realmente trazer proveito, e não haverá limite para o reconhecimento das suas capacidades', dizia ele. 'Claro que você precisa atentar para os motivos — os motivos certos — sempre.' Os longos trechos de rio que pareciam um único trecho, sempre o mesmo, as curvas monótonas que eram exatamente iguais, passavam pelo vapor com a sua infinidade de árvores seculares que contemplavam pacientes aquele fragmento de outro mundo coberto de fuligem, aquele arauto da mudança, da conquista, do comércio, de massacres, de bênçãos. Eu olhava para diante — pilotando. 'Feche a janela', disse Kurtz um dia de repente; 'não aguento mais olhar para isso.' Obedeci. Fez-se um silêncio. 'Ah, mas um dia ainda hei de torcer o seu coração!', gritou para a selva invisível.

"Enguiçamos — como eu esperava — e precisamos fundear o barco para reparos na ponta de uma ilha. E esse atraso foi a primeira coisa que abalou a confiança de Kurtz. Um dia, pela manhã, ele me entregou uma pilha de papéis e uma fotografia — tudo amarrado com um cordão de sapato. 'Guarde isso para mim', disse ele. 'Esse imbecil funesto' (referindo-se ao Gerente) 'é capaz de remexer na minha bagagem quando eu não estiver olhando.' E de tarde eu tornei a vê-lo. Estava deitado de costas com os olhos fechados, e eu me retirei em silêncio, mas cheguei a ouvi-lo murmurar: 'Viver direito, morrer, morrer...'. Fiquei escutando. Mas não ouvi mais nada. Estaria ensaiando algum discurso enquanto dormia, ou seria o fragmento de uma frase para algum artigo de jornal? Já tinha escrito nos jornais, e vinha planejando voltar a fazê-lo, 'para difundir as minhas ideias. É minha obrigação'.

"Suas trevas eram impenetráveis. Eu olhava para ele como se procura divisar do alto um homem estendido no fundo de um precipício aonde nunca chega a luz do sol. Mas eu não tinha muito tempo para ele, porque precisava ajudar o mecânico de bordo a desmontar os cilindros que vazavam, a endireitar uma conexão que entortara, ou noutras tarefas do tipo. Vivia no meio de um tumulto infernal de ferrugem, limalha, porcas, parafusos, chaves de boca, martelos, puas — coisas que abomino, porque não me dou bem com elas. Eu cuidava da pequena forja que felizmente tínhamos a bordo; trabalhava cansado no meio de um triste monte de sucata — até começar a tremer tanto que nem me aguentava em pé.

"Uma noite, entrando com uma vela, fiquei espantado ao ouvi-lo dizer, numa voz um tanto trêmula: 'Estou deitado aqui no escuro esperando a morte'. A luz estava a um palmo dos seus olhos. Fiz um esforço para murmurar: 'Ah, bobagem!', e debrucei-me sobre ele como que paralisado.

"Coisa semelhante à mudança que ocorreu na sua fisionomia eu nunca tinha visto antes, e espero nunca mais tornar a ver. Ah, não fiquei comovido. Fui tomado pelo fascínio. Era como se um véu tivesse sido rasgado. Vi surgir naquele rosto de marfim a expressão de um orgulho sombrio, de um poder impiedoso, de um terror abjeto — de um intenso e irremediável desespero. Será que ele revivia a sua vida em cada detalhe de desejo, tentação e abandono naquele momento supremo de conhecimento completo? E exclamou num sussurro, diante de alguma imagem, de alguma visão — exclamou duas vezes, uma palavra que era pouco mais que um arquejo:

"'O horror! O horror!'

"Soprei a vela e saí da cabine. Os peregrinos jantavam no

refeitório e ocupei o meu lugar do outro lado do Gerente, o qual olhou para mim com uma interrogação muda que consegui ignorar. Ele se recostou na cadeira, sereno, com aquele seu sorriso peculiar selando as profundezas inexprimíveis da sua mesquinharia. Uma chuva contínua de pequenas moscas se derramava sobre o lampião, pela mesa, por nossas mãos e nossos rostos. De repente, o criado pessoal do Gerente enfiou a insolente cabeça negra pela porta e disse, num tom de desprezo contundente:

"'Senhô Kurtz — ele morto.'

"Todos os peregrinos se levantaram correndo para ir ver. Eu fiquei ali, e terminei o meu jantar. Acho que me consideraram de uma insensibilidade brutal. Muito embora eu não tenha comido muito. Ali havia um lampião aceso — a luz — vocês não sabem — e do lado de fora a escuridão era horrenda, horrenda. Nunca mais cheguei perto do homem notável que emitira a palavra final sobre as aventuras da sua alma por esta Terra. A voz se fora. O que mais tinha existido? Mas eu sei, claro, que no dia seguinte os peregrinos enterraram alguma coisa numa cova enlameada.

"E depois por pouco não me enterraram também.

"No entanto, como vocês podem ver, não fui ali mesmo ao encontro de Kurtz, logo em seguida. Não. Fiquei para sonhar o pesadelo até o fim e demonstrar mais uma vez a minha lealdade para com Kurtz. O destino. O meu destino! Que coisa engraçada é a vida — esse arranjo misterioso de lógica impiedosa visando algum desígnio fútil. O máximo que dela se pode esperar é um certo conhecimento de si mesmo — que chega tarde demais — uma safra de remorsos inextinguíveis. Já lutei contra a morte. É a luta mais desinteressante que vocês podem imaginar. Ocorre numa insubstancial área cinzenta em que não há nada sob os pés, nada à nossa volta, sem testemunhas, sem clamor, sem glória, sem o grande desejo de vitória, sem o grande medo da derrota, numa atmosfera malsã de morno ceticismo, sem muita confiança no seu próprio direito e menos ainda no da adversária. Se é essa a forma da sabedoria suprema, a vida é um enigma ainda maior do que pensam alguns de nós. Estive a um fio de cabelo da última oportunidade de me pronunciar, e descobri humilhado que provavelmente não teria nada a dizer. E é por isso que afirmo que Kurtz foi um homem notável. Ele tinha alguma coisa a dizer. E disse. Depois que eu próprio tive um vislumbre desse limite extremo, entendo melhor o significado do seu olhar fixo que não conseguia ver a chama da vela mas abarcava todo o universo, capaz de penetrar nos corações que pulsam nas trevas. Ele resumiu — ele julgou. 'O horror!' Foi um homem notável. Afinal, aquela foi a expressão de algum tipo de crença; havia franqueza, havia convicção, havia uma nota vibrante de revolta no seu sussurro, aquela face apavorante revelava uma verdade vislumbrada — a estranha mescla de desejo e ódio. E não é dos meus próprios momentos extremos que me lembro melhor — a visão de uma amorfa extensão acinzentada repleta de dor física e de um desdém indiferente pela evanescência de todas as coisas — e nem mesmo dessa própria dor. Não. São os momentos extremos dele que tenho a impressão de ter vivido. É verdade que ele deu aquele passo derradeiro, foi além da borda, enquanto a mim foi permitido recuar com meus pés hesitantes. E talvez esteja nisso toda a diferença; talvez toda a sabedoria, e toda a verdade, e toda a sinceridade, só se apresentem comprimidas naquele instante inapreciável de tempo em que ultrapassamos o limiar do invisível. Talvez. Prefiro pensar que o meu resumo não teria sido uma palavra de desdém indiferente. Melhor o grito dele — muito melhor. Foi uma afirmação, uma vitória moral conquistada ao preço de inúmeras derrotas, de terrores abomináveis, de abomináveis satisfações. Mas foi uma vitória. Eis por que permaneci leal a Kurtz até o fim, e mesmo além, quando muito depois tornei a ouvir não a sua voz, mas o eco da sua magnífica eloquência que me chegava emitido por uma alma dotada da pureza translúcida de um penhasco de cristal.

"Não, eles não me enterraram, embora tenha havido um período de que só me lembro vagamente, com um espanto trêmulo, como a travessia de algum mundo inconcebível que não contivesse esperança nem desejo. Vi-me de volta na cidade sepulcral, ressentido com as pessoas que andavam apressadas pelas ruas empenhadas em conseguir surrupiar algum dinheiro umas das outras, devorar a sua comida infame, engolir a sua cerveja insalubre, sonhar os seus sonhos ridículos e insignificantes. Invadiam os meus pensamentos. Eram intrusos cujo conhecimento da vida me parecia uma irritante impostura, tão certo eu estava de que não tinham como saber as coisas que eu sabia. Seu comportamento, o simples comportamento de indivíduos comuns cuidando dos seus negócios na certeza de uma segurança absoluta, parecia-me ofensivo como o mais extremo espalhafato da loucura diante de um perigo que não consegue compreender. Eu não sentia nenhum desejo especial de esclarecer-lhes nada, mas tinha alguma dificuldade para impedir-me de rir nas suas caras tão tomadas por uma importância descabida. Arrisco-me a dizer que não estava muito bem naquele tempo. Cambaleava pelas ruas — havia vários assuntos a resolver — dirigindo um sorriso amargo a pessoas perfeitamente respeitáveis. Admito que o meu comportamento era indesculpável, mas o fato é que a minha temperatura raramente era normal naqueles dias. O empenho da minha boa tia em 'devolver-me as forças' parecia totalmente fora do alvo. Não eram as minhas forças que eu precisava recuperar, era a minha imaginação que precisava acalmar-se. Guardei os papéis que me foram confiados por Kurtz sem saber exatamente que destino lhes daria. A mãe dele havia morrido pouco antes, cuidada, pelo que me contaram, por sua Prometida. Um homem de rosto escanhoado, ostentando modos oficiais e óculos de aro de ouro, veio me visitar um dia e fez perguntas, primeiro indiretas, depois gentilmente insistentes, sobre o que preferia chamar de 'certos documentos'. Não fiquei surpreso, porque ainda lá eu tivera dois bate-bocas com o Gerente acerca dessa questão. Eu me recusara a lhe entregar qualquer parte daqueles papéis, atitude que repeti com o homem dos óculos. Ele finalmente assumiu um ar sombrio de ameaça, e em palavras muito acaloradas afirmou que a Companhia tinha direito a qualquer fragmento de informação sobre os seus 'territórios'. E disse: 'O conhecimento do sr. Kurtz a respeito de áreas inexploradas devia ser necessariamente extenso e singular — em razão da sua grande capacidade e das circunstâncias deploráveis em que se viu envolvido; portanto...'. Eu lhe assegurei que o conhecimento do sr. Kurtz, por mais extenso que fosse, não envolvia questões de comércio ou administração. Ele invocou então o nome da ciência. 'Seria uma perda incalculável se' etc. etc. Apresentei-lhe o relatório sobre a 'Supressão dos Costumes Selvagens', cujo pós-escrito eu arrancara. Ele aceitou o texto com avidez, mas acabou torcendo o nariz para o manuscrito com ar de pouco-caso. 'Isso não é o que tínhamos o direito de esperar', observou. 'Não espere mais nada', disse eu. 'O resto são cartas particulares.' Ele se retirou com alguma ameaça de medidas judiciais, e nunca mais tornei a vê-lo, mas outro sujeito, dizendo-se primo de Kurtz, apareceu dois dias depois e se mostrou ansioso para conhecer todos os detalhes sobre os últimos momentos do seu querido parente. De passagem, deu-me a entender que Kurtz fora essencialmente um grande músico. 'Tinha tudo para ter feito um imenso sucesso', disse o homem, que era organista, acho eu, com cabelos grisalhos escorridos que caíam em ondas sobre as lapelas ensebadas do paletó. Não vi motivo para duvidar do que me disse; e até hoje não sei dizer qual terá sido o ofício de Kurtz, se é que de fato teve algum — qual seria o maior dos seus talentos. Eu o enxergava como um pintor que escrevia para os jornais, ou um jornalista que sabia pintar — mas nem mesmo o seu primo (que tomou rapé durante a nossa conversa) soube me dizer o que ele fora — precisamente. Era um gênio universal — e nesse ponto concordei com o velho, que diante disso assoou ruidosamente o nariz num grande lenço de algodão e se retirou, tomado por uma agitação senil, levando algumas cartas de família e memorandos desprovidos de importância. Finalmente, apareceu um jornalista ansioso por saber alguma coisa sobre o destino do seu 'querido colega'. Esse visitante me informou que a esfera de ação adequada para Kurtz teria sido a política, 'do lado do povo'. Tinha sobrancelhas fartas e retas, cabelos crespos cortados muito curtos, usava um monóculo preso a uma fita vermelha e, tornando-se expansivo, admitiu que na sua opinião Kurtz na verdade era incapaz de escrever — 'mas Céus! como aquele homem falava! Eletrizava grandes reuniões. Ele tinha a fé — o senhor não vê — ele tinha a fé. Era capaz de se convencer a acreditar em qualquer coisa — qualquer coisa. Daria um esplêndido líder para um partido radical'. 'Qual partido?', perguntei. 'Qualquer partido', respondeu o outro. 'Ele era um — um — extremista.' Eu não estava de acordo? Assenti. Será que eu sabia, perguntou ele, com um súbito lampejo de curiosidade, 'o que o induzira a ir para lá?'. 'Sim', respondi, e ato contínuo lhe entreguei o famoso Relatório para ser publicado, se ele julgasse oportuno. Ele folheou o texto às pressas, murmurando o tempo todo, concluiu que 'servia', e partiu com o seu butim.

"E assim só me restou um magro pacote de cartas e a fotografia da moça. Ela me parecia linda — quero dizer, tinha uma linda expressão. Sei que a luz do sol também pode ser convencida a mentir, mas ainda assim achei que não havia manipulação da luz e da pose que pudesse produzir o delicado matiz de autenticidade impresso naqueles traços. Ela parecia pronta a escutar sem reserva mental, sem desconfiança, sem pensar em si mesma. Decidi que iria procurá-la em pessoa para lhe devolver o retrato e aquelas cartas. Curiosidade? Sim. E talvez também algum outro sentimento. Tudo que fora de Kurtz havia deixado as minhas mãos: a sua alma, o seu corpo, o seu posto, os seus planos, o seu marfim, a sua carreira. Só restavam a sua memória e a sua Prometida — e eu queria deixar aquilo também no passado, de certo modo — restituir pessoalmente tudo que restara dele comigo àquele esquecimento que é a última palavra do nosso destino comum. Não me defendo. Não tinha uma percepção clara do que realmente queria. Talvez tenha sido um impulso de lealdade inconsciente, ou a obediência a uma dessas necessidades irônicas que se dissimulam por trás dos fatos da existência humana. Não sei. Não sei dizer. Mas fui.

"Eu achava que a lembrança de Kurtz era igual às outras lembranças dos mortos que se acumulam na vida de todo homem

— uma vaga impressão estampada no cérebro por sombras que nele se projetaram em sua passagem rápida e definitiva; mas diante daquela porta grandiosa e imponente, em meio às casas altas de uma rua tão tranquila e decorosa quanto a aleia bem tratada de um cemitério, tive uma visão dele na padiola, abrindo a boca voraz, como para engolir a Terra toda com toda a sua humanidade. Estava vivo ali à minha frente, estava tão vivo como jamais estivera — uma sombra que nunca se fartava de aparências esplêndidas e realidades assustadoras, uma sombra mais tenebrosa que a sombra da noite, e envolta com nobreza nas dobras de uma eloquência deslumbrante. A visão pareceu entrar na casa junto comigo — a padiola, os carregadores fantasmas, a multidão selvagem de adoradores obedientes, a escuridão das florestas, a cintilação do trecho de rio entre as curvas indistintas, a batida do tambor, regular e abafada como a batida de um coração, o coração das trevas vitoriosas. Foi um momento de triunfo para a selva, uma incursão invasora e vingativa que julguei ver-me obrigado a conter sozinho em favor da salvação de mais uma alma. E a lembrança do que eu o ouvira dizer naquele ponto mais distante, enquanto as silhuetas coroadas de chifres se agitavam às minhas costas ao brilho das fogueiras, no interior da mata paciente, aquelas frases entrecortadas me voltaram, e tornei a ouvi-las em sua simplicidade sinistra e aterradora. Lembrei-me das suas súplicas e ameaças abjetas, da escala colossal dos seus desejos desprezíveis, da mesquinharia, do tormento, da angústia tempestuosa da sua alma. E em seguida tive a impressão de ver os seus modos exaustos e contidos no dia em que me disse: 'Todo esse marfim na verdade é meu. A Companhia não pagou por ele. Fui eu que o acumulei, à custa de um grande risco pessoal. Mas temo que tentem dizer que é deles. Hum. É um caso complicado. O que o senhor acha que eu devia fazer — resistir? Hein? Não quero mais do que a justiça...'. Não queria mais do que a justiça — não mais do que a justiça! Toquei a campainha diante de uma porta de mogno no primeiro piso e, enquanto eu esperava, ele parecia me fitar do painel de vidro — fitar-me com aquele olhar vasto e imenso que abarcava, condenava, abominava todo o universo. E tive a impressão de ouvir a exclamação sussurrada: 'O horror! O horror!'.

"A noite caía. Precisei esperar numa elegante sala de visitas com três janelas compridas do chão ao teto que pareciam três colunas luminosas envoltas em tecido. As pernas e costas torneadas e douradas da mobília reluziam em curvas indistintas. A imensa lareira de mármore exibia uma brancura fria e monumental. Um piano de cauda se erguia maciço num canto da sala, exibindo lampejos contidos nas superfícies lisas como um sarcófago escuro e envernizado. Uma porta alta se abriu — fechou. Levantei-me.

"Ela entrou toda de preto com o rosto pálido, flutuando na minha direção à luz do crepúsculo. Estava de luto. Fazia mais de um ano que ele morrera, mais de um ano que ela recebera a notícia; mas parecia disposta a lembrar e guardar luto para sempre. Tomou as minhas mãos nas suas e murmurou: 'Ouvi dizer que o senhor vinha'. Percebi que não era muito jovem — quero dizer, não tinha nada de menina. Tinha a capacidade madura de ser fiel, de crer, de sofrer. A sala dava a impressão de ter ficado mais escura, como se toda a luz triste do entardecer nublado se tivesse refugiado na sua fronte. Aqueles cabelos claros, aquele rosto pálido, aquela testa pura, pareciam cercados por um halo de cinzas de cujo centro me fitavam os olhos escuros. O olhar era sem malícia, profundo, confiante e aberto. Ela erguia a cabeça sofredora como que orgulhosa daquela dor, como se quisesse dizer: 'Eu — só eu sei chorá-lo como ele merece'. Mas enquanto ainda trocávamos o aperto de mão, uma tal expressão de desolação terrível se revelou no seu rosto que eu percebi tratar-se de uma dessas criaturas que não são joguetes do Tempo. Para ela, ele morrera ontem mesmo. E, por Júpiter!, a impressão era tão poderosa que a mim, também, pareceu que ele só havia morrido na véspera — não, um minuto antes. Eu vi a ambos, ela e ele, no mesmo instante do tempo — a morte dele e o luto dela — e vi o luto dela no momento exato da morte dele. Vocês entendem? Vi os dois juntos — ouvi os dois juntos. Ela dissera, depois de inspirar profundamente: 'Eu sobrevivi', enquanto os meus ouvidos tão exigidos tiveram a impressão de escutar com toda a clareza, misturado ao seu tom de pranto desesperado, o sussurro em que ele resumira a sua condenação eterna. Perguntei-me o que estava fazendo ali, com uma sensação de pânico no peito como se tivesse enveredado equivocadamente por um lugar de mistérios cruéis e absurdos, impróprios para a contemplação humana. Ela me indicou uma cadeira. Sentamo-nos. Pousei gentilmente os papéis na mesinha, e ela os cobriu com a mão... 'O senhor o conheceu bem', murmurou, ao cabo de um momento de silêncio enlutado.

"'A intimidade se desenvolve depressa naquele lugar', disse eu. 'Eu o conheci tão bem quanto é possível um homem conhecer outro.'

"'E o senhor o admirava', disse ela. 'Era impossível conhecê-lo sem admirá-lo. Não é?'

"'Ele era um homem notável', respondi com a voz pouco firme. E então, diante do apelo do seu olhar fixo, que parecia esperar por mais palavras dos meus lábios, continuei: 'Era impossível não...'.

"'Amá-lo', completou ela ansiosa, condenando-me a uma mudez consternada. 'Verdade! verdade! Mas quando o senhor pensa que ninguém o conhecia melhor que eu! Eu tive toda a sua nobre confiança. Eu o conheci como ninguém.'

"'A senhora o conheceu como ninguém', repeti. E talvez fosse verdade. A cada palavra que era dita, porém, aquela sala ia ficando mais escura, e só a sua fronte, lisa e branca, ainda brilhava à luz inextinguível da crença e do amor.

"'O senhor foi amigo dele', prosseguiu ela. 'Amigo dele', repetiu, um pouco mais alto. 'Deve ter sido, se ele lhe entregou isto e mandou o senhor vir a mim! Sinto que com o senhor posso falar — e oh, preciso falar. Quero que o senhor — o senhor, que ouviu as suas últimas palavras — saiba que fui digna dele... E não é orgulho... Sim! Sinto orgulho de saber que eu o compreendia melhor que qualquer outro habitante da Terra — o que ele próprio me disse. E desde que a mãe dele morreu não tenho mais ninguém — ninguém — para — para...'

"Eu escutava. A escuridão aprofundava-se. Sequer tinha certeza de que ele me entregara o pacote certo. Desconfio que na verdade queria que eu tomasse conta de outra pilha de papéis que, depois da sua morte, vi o Gerente examinar à luz do lampião. E a jovem falava, falava aliviando a sua dor na certeza da minha simpatia, como bebem os homens sedentos. Eu ouvira que o seu noivado com Kurtz fora reprovado pela família. Ele não era rico o bastante, ou coisa assim. E de fato não sei se não havia sido pobre a vida inteira. Ele me dera algum motivo para inferir que fora a sua impaciência com uma relativa pobreza que o impelira para aquelas partes.

"'... Quem não ficava seu amigo depois de ouvi-lo falar uma vez?', dizia ela. 'Atraía os homens para si apelando ao que eles tinham de melhor.' Fitou-me com intensidade. 'É o dom dos grandes', prosseguiu, e o som da sua voz contida parecia contar com o acompanhamento de todos os outros sons cheios de mistério, desolação e dor que eu jamais escutara — a ondulação do rio, o farfalhar das árvores sacudidas pelo vento, o murmúrio das multidões, o eco atenuado de palavras incompreensíveis gritadas de longe, o sussurro de uma voz que falava de além do limiar de trevas eternas. 'Mas o senhor o ouviu falar! O senhor sabe!', exclamou ela.

"'Sim, eu sei', respondi com uma espécie de desespero no coração, mas curvando a cabeça diante da fé que havia nela, diante dessa grande ilusão salvadora que resplandecia com um brilho sobrenatural em meio às trevas, as trevas triunfantes das quais eu não poderia defendê-la — das quais não tinha como defender nem a mim mesmo.

"'Que perda para mim — para nós!', corrigiu-se ela com uma generosidade adorável. E então acrescentou num murmúrio: 'Para o mundo'. E aos últimos lampejos do crepúsculo vi o brilho dos seus olhos repletos de lágrimas — lágrimas que não caíam.

"'Fui muito feliz — tive muita sorte — sinto muito orgulho', prosseguiu ela. 'Sorte demais. Feliz demais por um curto período. E agora fiquei infeliz para — para o resto da vida.'

"Ela se levantou; os seus cabelos claros pareciam recolher toda a luz que restava num tênue fulgor dourado. Levantei-me também.

"'E de tudo isso', prosseguiu ela tristemente, 'de toda a sua promessa e de toda a sua grandeza, do seu espírito generoso, do seu nobre coração, nada restou — nada além de uma memória. O senhor e eu...'

"'Sempre haveremos de lembrá-lo', apressei-me a dizer.

"'Não!', exclamou ela. 'É impossível que tudo isso esteja perdido — que uma vida semelhante tenha sido sacrificada para nada deixar — além de sofrimento. O senhor sabe como os planos dele eram grandiosos. Eu também os conhecia — talvez não fosse capaz de entender — mas outros sabiam deles. Alguma coisa deve ter ficado. As suas palavras, pelo menos, não morreram.'

"'As suas palavras hão de ficar', disse eu.

"'E o exemplo', sussurrou ela para si mesma. 'Os homens elevavam o olhar para ele — a sua bondade brilhava em cada gesto. O seu exemplo...'

"'É verdade', disse eu; 'o seu exemplo também. Sim, o seu exemplo. Eu tinha esquecido.'

"'Mas eu não. Não consigo — não consigo acreditar — ainda não. Não consigo acreditar que nunca mais tornarei a vê-lo, que ninguém tornará a vê-lo, nunca, nunca, nunca mais!'

"Ela ergueu os braços, como para uma forma que se distanciasse, estendendo-os negros e com as mãos pálidas crispadas contra a luz esbatida que se refletia na janela estreita. Nunca mais vê-lo! Eu o vi bem claramente naquele momento. Hei de ver esse fantasma eloquente enquanto viver, e hei também de vê-la, uma Sombra trágica e familiar lembrando com o seu gesto um outro, igualmente trágico e adornado de amuletos impotentes, braços nus marrons estendidos tendo ao fundo o brilho tênue daquele rio infernal, o caudal das trevas. Ela disse de repente, muito baixo: 'Ele morreu como viveu'.

"'O fim que ele teve', disse eu com uma raiva surda despertando em mim, 'foi em todos os aspectos digno da sua vida.'

"'E eu não estava com ele', murmurou ela. A minha raiva amainou e deu lugar a um sentimento de infinita compaixão.

"'Tudo que podia ser feito...', murmurei.

"'Ah, eu acreditava mais nele do que qualquer outra pessoa — mais até do que a sua própria mãe, mais do que — ele próprio. Ele precisava de mim! De mim! Para mim, cada suspiro, cada palavra, cada sinal, cada olhar teria sido precioso.'

"Senti um aperto gelado no peito. 'Não faça isso', disse eu, com a voz sufocada.

"'Perdoe. Eu — eu — sofri tanto tempo em silêncio — em silêncio... O senhor esteve com ele até o fim? Fico pensando na sua solidão. Ninguém por perto para compreendê-lo como eu teria compreendido. Ninguém talvez para ouvir...'

"'Até o fim', disse eu, trêmulo. 'Ouvi as suas últimas palavras...' E parei, com medo.

"'Repita', murmurou ela num tom inconsolável. 'Eu quero — eu quero — alguma coisa — alguma coisa — com que — com que viver.'

"Estive a ponto de lhe gritar: 'Não está ouvindo?'. O crepúsculo repetia aquelas palavras num sussurro persistente à toda nossa volta, um sussurro que parecia inchar-se de ameaça como o primeiro sussurro de um vento que ganha força. 'O horror! O horror!'

"'A sua última palavra — para eu viver com ela', insistiu. 'O senhor não entende? Eu o amava — eu o amava — eu o amava!'

"Eu me recompus e disse lentamente:

"'A última palavra que ele pronunciou foi — o seu nome.'

"Ouvi um ligeiro suspiro, e então meu coração parou, bruscamente paralisado por um grito exultante e terrível, o grito da dor indizível e do triunfo inimaginável. 'Eu sabia — eu tinha certeza!...' Ela sabia. E tinha certeza. Ouvi que começava a chorar; escondera o rosto nas mãos. Pareceu-me que a casa fosse desmoronar antes que eu conseguisse fugir, que os céus fossem desabar na minha cabeça. Mas nada aconteceu. Os céus não desabam por tais ninharias. Será que teriam desabado, eu me pergunto, se eu tivesse prestado a Kurtz a justiça que lhe era devida? Ele não me dissera que só queria justiça? Mas não consegui. Não podia contar a ela. Teria sido tenebroso demais — decididamente tenebroso demais..."

Marlow se calou e foi sentar-se à parte, indistinto e silencioso, na postura de um Buda meditativo. Ninguém se mexeu por algum tempo. “Perdemos o começo da vazante”, disse o Diretor de repente. Levantei a cabeça. A vista do mar alto estava bloqueada por um banco de nuvens negras, e o curso de água sereno que leva aos rincões mais distantes da Terra corria escuro sob um céu encoberto — parecia conduzir ao coração de uma treva imensa.

UM POSTO AVANÇADO DO PROGRESSO (1896)

1

Dois brancos estavam encarregados do posto de comércio. Kayerts, o chefe, era baixo e gordo; Carlier, o assistente, era alto, com uma cabeça grande e um tronco muito largo empoleirado em cima de um longo par de pernas finas. O terceiro homem da equipe era um negro de Serra Leoa que dizia chamar-se Henry Price. No entanto, por um motivo ou outro, os nativos rio abaixo lhe tinham dado o nome de Makola, que acabara colado a ele por todas as suas andanças pela área. Falava inglês e francês com um sotaque cantado, escrevia com uma linda caligrafia, entendia de contabilidade e nutria, bem no íntimo, o culto a espíritos malignos. Era casado com uma negra de Luanda, muito gorda e muito ruidosa. Três crianças brincavam ao sol diante da porta da sua residência baixa, em estilo de galpão. Makola, taciturno e impenetrável, desprezava os dois brancos. Era encarregado de um pequeno depósito de paredes de barro com teto de sapé, e fazia de conta que mantinha um controle preciso das miçangas, dos cortes de algodão, dos lenços vermelhos, dos rolos de fio de latão e das demais mercadorias de troca ali guardadas. Ao lado do depósito e da cabana de Makola, ficava a única construção maior da clareira ocupada pelo posto de comércio. Tinha sido bem construída com junco, cercada de uma varanda pelos quatro lados. Era dividida em três aposentos. O do meio era a sala, contendo duas mesas mal-acabadas e alguns banquinhos. Os outros dois eram os quartos de dormir para os brancos. Cada um dos dois continha apenas a cama e um mosquiteiro. O piso de tábuas estava coberto com os pertences dos brancos; caixotes abertos vazios pela metade, roupas rasgadas, botas velhas; todas as coisas sujas e todas as coisas quebradas que se acumulam por mistério em torno dos homens descuidados. Havia ainda mais uma habitação a certa distância. Nela, debaixo de uma cruz alta bem fora de prumo, dormia o homem que tinha visto o início daquilo tudo; que planejara e supervisionara a construção daquele posto avançado do progresso. Na terra natal, tinha sido um pintor sem sucesso que, cansado de perseguir a fama com o estômago vazio, conseguira vir para lá graças a altas proteções. Fora o primeiro chefe daquele posto. Makola vira o artista cheio de energia morrer de febre na casa recém-construída, tomado pela indiferença habitual que parecia dizer: "Bem que eu avisei". E então, por algum tempo, ficara morando ali sozinho com a família, os seus livros de contabilidade e o Espírito do Mal que rege as terras abaixo do equador. Dava-se muito bem com o seu deus. Talvez o tivesse propiciado com a promessa de mais homens brancos com quem se divertir em seguida. Seja como for, o Diretor da Grande Companhia de Comércio, chegando até lá num vapor que mais parecia uma imensa lata de sardinhas sobre a qual tivessem erguido uma cabana de telhado horizontal, encontrou o posto em perfeita ordem e Makola, como sempre, na sua silenciosa diligência. O Diretor mandou instalar a cruz sobre a sepultura do primeiro agente e nomeou Kayerts para o seu lugar. Carlier foi destacado como seu auxiliar imediato. O Diretor era um homem implacável e eficiente, que às vezes, mas de maneira muito imperceptível, permitia-se um humor um tanto sinistro. Fez um discurso para Kayerts e Carlier, ressaltando o aspecto promissor da sua posição. O posto de comércio mais próximo ficava a quase quinhentos quilômetros dali. Aquela era uma oportunidade excepcional para os dois se distinguirem e conquistarem comissões sobre os resultados. Aquela nomeação era um favor feito a iniciantes. Kayerts comoveu-se quase às lágrimas com a bondade do seu Diretor. E tentaria, respondeu ele, fazendo o seu melhor, justificar aquela confiança tão lisonjeira etc. etc. Kayerts trabalhara na Administração dos Telégrafos, e sabia se exprimir corretamente. Carlier, ex-suboficial de cavalaria de um exército que as garantias de várias Potências Europeias mantinham a salvo, ficou menos impressionado. Se havia comissões a ganhar, melhor; e, correndo um olhar esquivo pela margem oposta do rio, pela floresta, por aquela mata impenetrável que parecia isolar o posto do resto do mundo, murmurou entre os dentes: "Veremos, e logo".

No dia seguinte, depois que vários fardos contendo artigos de algodão e algumas caixas de mantimentos foram atirados na margem, o vapor que lembrava uma lata de sardinhas partiu, para só voltar dali a seis meses. Do convés, o Diretor encostou a mão na aba do quepe para saudar os dois agentes, que estavam em pé na margem acenando com os chapéus e, virando-se para um velho empregado da Companhia a caminho de volta para a sede, disse: "Olhe só esses dois imbecis. Devem ter enlouquecido, na matriz, para me mandarem espécimes assim. Eu disse a eles que plantassem uma horta, fizessem um novo depósito, cercas, e construíssem uma plataforma de desembarque. Aposto que nada vai ser feito! Não vão saber por onde começar. Sempre achei que um posto neste rio era inútil, e eles combinam com o posto!".

"Eles vão se formar lá", disse o veterano com um sorriso tranquilo.

"Pelo menos, estarei livre deles por seis meses", retorquiu o Diretor.

Os dois homens ficaram olhando o vapor fazer a curva, e depois, subindo de braço dado a margem inclinada, voltaram para o posto. Havia pouquíssimo tempo que estavam naquele país vasto e escuro, e até então sempre no meio de outros brancos, sob o olhar e a supervisão dos seus superiores. E agora, por mais que se mostrassem insensíveis às influências sutis do meio que os cercava, sentiram-se muito sós quando se viram repentinamente desassistidos diante da selva; uma selva que se revelava ainda mais estranha, ainda mais incompreensível, a cada vislumbre misterioso da vida vigorosa que continha. Eram dois indivíduos perfeitamente insignificantes e incapazes, cuja existência só era possível graças à alta organização das massas civilizadas. Poucos homens percebem que a vida deles, a própria essência do seu caráter, as suas capacidades e audácias, não passam de uma expressão da sua crença na segurança do meio em que vivem. A coragem, a compostura, a confiança; as emoções e os princípios; toda ideia, grande ou insignificante, pertencem não ao indivíduo mas à massa: a massa que acredita cegamente na força irresistível das suas instituições e da sua moral, no poder da sua polícia e da sua opinião. Mas o contato com a selvageria pura, sem atenuantes, com a natureza primitiva e com o homem primitivo, desperta no peito uma inquietação imediata e profunda. Ao sentimento de ser o único da espécie, à percepção clara do isolamento das suas ideias, das suas sensações — à negação do habitual, que é seguro, acrescenta-se a afirmação do incomum, que é perigoso; uma sugestão de coisas vagas, incontroláveis e repulsivas, cuja intrusão desconcertante faz disparar a imaginação e põe à prova os nervos civilizados tanto dos idiotas como dos mais sensatos.

Kayerts e Carlier caminhavam de braço dado, muito próximos um do outro como fazem as crianças no escuro; e tinham a mesma sensação de perigo, não de todo desagradável, que sempre temos a leve suspeita de ser imaginária. Tagarelavam insistentemente em tom familiar. "O nosso posto fica muito bem situado", dizia um. O outro concordava com entusiasmo, estendendo-se voluvelmente sobre as vantagens da situação. E então passaram perto da sepultura. "Pobre-diabo!", disse Kayerts. "Morreu de febre, não foi?", murmurou Carlier, parando de chofre. "Ora", retorquiu Kayerts, em tom indignado, "pois ouvi dizer que ele se expôs ao sol da maneira mais irresponsável. O clima aqui, todo mundo diz, não é muito pior que o de casa, contanto que você evite o sol. Ouviu bem, Carlier? Sou o chefe aqui, e as minhas ordens são de que não se exponha ao sol!" Assumia a posição superior em tom de brincadeira, mas falava a sério. A ideia de que pudesse, talvez, ver-se obrigado a enterrar Carlier e ficar sozinho o fazia estremecer por dentro. Sentiu de repente que aquele Carlier valia mais para ele ali, no centro da África, do que um irmão poderia valer noutro lugar qualquer. Carlier, entrando no espírito da coisa, fez uma continência e respondeu num tom enérgico: "As suas ordens serão obedecidas, chefe!". E então prorrompeu numa risada, deu um tapa nas costas de Kayerts e exclamou: "Vamos deixar a vida correr calma por aqui! Só sentados sem fazer nada, juntando o marfim que esses selvagens nos trouxerem. Este país tem as suas vantagens, no fim das contas!". Os dois riram alto, enquanto Carlier pensava: "Pobre Kayerts, é tão gordo e pouco saudável. Seria terrível se eu fosse obrigado a enterrá-lo aqui. É um homem que eu respeito...". Antes de chegarem à varanda da casa, já chamavam um ao outro de "meu caro amigo".

Passaram o primeiro dia em grande atividade, zanzando de um lado para outro com martelos, pregos e panos de chita vermelha, para fazer cortinas, deixar a casa habitável e bonita; decididos a se instalarem com conforto na sua nova vida. Para eles, uma tarefa impossível. A fim de enfrentar com eficiência mesmo o mais material dos problemas, qualquer um precisa de mais serenidade de espírito e mais coragem do que geralmente se imagina. E não podia haver duas criaturas com menos aptidão para o empreendimento. A sociedade, não por ternura mas em razão das suas estranhas necessidades, sempre olhara por aqueles dois homens, proibindo-lhes qualquer pensamento independente, qualquer iniciativa, qualquer desvio da rotina; e proibindo sob pena de morte. Só sabiam viver na condição de máquinas. E agora, afastados do zelo e dos cuidados de homens com canetas atrás da orelha ou galões dourados nos punhos, os dois lembravam aqueles condenados à prisão perpétua que, soltos ao cabo de muitos anos, não têm ideia do que fazer da sua liberdade. Não sabiam como usar as suas faculdades, sendo ambos, por falta de prática, incapazes de pensamento independente.

Ao cabo de dois meses, Kayerts repetia muito: "Se não fosse pela minha Melie, você nunca me pegaria aqui". Melie era sua filha. Ele abandonara o cargo que ocupava na Administração dos Telégrafos, embora tivesse passado lá dezessete anos perfeitamente felizes, para ganhar um dote para a filha. Sua mulher morrera, e a moça vinha sendo criada pelas irmãs dele. Sentia falta das ruas, das calçadas, dos cafés, dos seus amigos de muitos anos; de todas as coisas que costumava ver, um dia depois do outro, de todos os pensamentos sugeridos por coisas familiares — os pensamentos fáceis, monótonos e reconfortantes de um funcionário do governo; sentia falta dos mexericos, das pequenas inimizades, do veneno brando e das piadinhas das repartições públicas. "Se eu tivesse um cunhado decente", observava Carlier, "um sujeito de bom coração, eu não estaria aqui." Ele deixara o exército e se tornara tão intragável para a família, por causa da sua preguiça e falta de vergonha, que um cunhado irritado fizera esforços sobre-humanos para lhe conseguir um emprego na Companhia como agente de segunda classe. Não tendo um tostão no mundo, vira-se obrigado a aceitar aquele meio de vida assim que ficou claro que não tinha mais nada a extorquir dos parentes. Como Kayerts, sentia falta da vida anterior. Sentia falta do tilintar do sabre e das esporas nas tardes de bom tempo, das piadas da caserna, das moças das cidades de guarnição; além disso, porém, também se mostrava um tanto ressentido. Era evidentemente um homem muito mal aproveitado. O que às vezes o deixava macambúzio. Mas os dois homens se davam bem, confraternizando na estupidez e na preguiça. Juntos não faziam nada, absolutamente nada, e apreciavam a sensação do ócio pelo qual eram pagos. E com o tempo acabaram sentindo algo semelhante a afeição um pelo outro.

Viviam como cegos num grande aposento, percebendo apenas aquilo em que esbarravam (e mesmo assim só de modo imperfeito) mas incapazes de ver o aspecto geral das coisas. O rio, a floresta, toda aquela terra grandiosa palpitante de vida, eram como um imenso vazio. Nem a radiosa luz do sol lhes revelava algo inteligível. Coisas surgiam e sumiam diante dos seus olhos, de maneira desconexa e sem sentido. O rio parecia-lhes vir de lugar nenhum e seguir para parte alguma. Corria no meio de um vácuo. E desse vácuo, de tempos em tempos, emergiam canoas, e homens com lanças nas mãos lotavam de uma hora para outra o pátio do posto de comércio. Eram de um negro reluzente e andavam nus, ornamentados com conchas muito brancas e fio brilhante de latão, perfeitos de corpo. Produziam um áspero som borbulhante quando falavam, deslocavam-se com gestos imponentes e dardejavam olhares rápidos e exaltados com seus olhos assustados e sempre inquietos. Esses guerreiros se acocoravam formando longas fileiras, quatro ou mais, em frente à varanda, enquanto os chefes passavam horas negociando com Makola uma presa de elefante. Kayerts ficava sentado na sua cadeira e acompanhava os trabalhos, sem entender nada. Examinava com os seus redondos olhos azuis aqueles homens e dizia a Carlier: "Venha aqui, olhe só! Aquele sujeito ali — e aquele outro, à esquerda. Já viu uma cara assim? Ah, como é engraçado, o bruto!".

Carlier, fumando o tabaco local num cachimbo curto de madeira, pavoneava-se torcendo os bigodes, passando os guerreiros em revista com uma indulgência altaneira, e dizia:

"Belos animais. Trouxeram dente? Sim? Já era hora mesmo. Olhe os músculos daquele sujeito, o terceiro de trás para a frente. Eu é que não gostaria que ele me desse um soco no nariz. Belos braços, mas pernas finas demais do joelho para baixo. Eu não poderia transformar esses homens em cavalarianos." E depois de lançar um olhar satisfeito às suas próprias canelas, sempre concluía: "Pah! E como fedem! Ei, Makola! Leve esse bando para o fetiche" (o depósito era chamado de *fetiche* em todos os postos, talvez em virtude do espírito da civilização que continha) "e dê logo a eles um bocado das besteiras que guarda ali. Prefiro ver o depósito cheio de presas do que cheio de trapos".

Kayerts aprovou.

"Isso, isso! Vá terminar a sua conferência para aquele lado, sr. Makola. Eu irei quando o senhor tiver acabado, para pesar a presa. Precisamos fazer tudo da maneira certa." E, virando-se para o companheiro: "Esta é a tribo que vive rio abaixo, e são bastante aromáticos. Eu me lembro, já estiveram aqui outra vez. Está ouvindo esse tumulto? O que a gente precisa aturar neste maldito país! Minha cabeça está rachando".

Visitas lucrativas como essas eram raras. Dias a fio, os dois pioneiros do comércio e do progresso passavam contemplando o pátio vazio ao fulgor vibratório da luz vertical do sol. Ao pé das altas barrancas, o rio silencioso corria, reluzente e constante. Nas areias que emergiam no meio do seu leito, hipopótamos e crocodilos tomavam sol lado a lado. E em todas as direções, cercando a clareira insignificante do posto de comércio, florestas imensas, ocultando complicações fatídicas de vida exuberante, estendiam-se num silêncio eloquente de muda grandiosidade. Os dois homens não entendiam nada, não atentavam a nada além da passagem dos dias que ainda os separavam da volta do vapor. Seu antecessor abandonara alguns livros rasgados. Pegaram aqueles restos de romances, e, como nunca tinham lido nada do tipo, surpreenderam-se e acharam graça. E então, por longos dias a fio, travavam conversas tolas e intermináveis sobre enredos e personagens. No centro da África, foram apresentados a Richelieu e a D'Artagnan, a Olho de Falcão e ao Pai Goriot, e a muitas outras pessoas. Todos esses personagens imaginários se tornavam alvo de maledicência, como se fossem amigos vivos. Faziam pouco das suas virtudes, punham suas motivações sob suspeita, diminuíam a importância das suas conquistas; escandalizavam-se com a sua duplicidade, ou se mostravam desconfiados da sua bravura. Os relatos de crimes enchiam-nos de indignação, enquanto as passagens ternas ou patéticas os comoviam profundamente. Carlier limpava a garganta e dizia, fazendo voz de soldado: "Que bobagem!". Kayerts, os olhos redondos rasos de lágrimas, com um tremor nas bochechas gordas, esfregava a cabeça calva e declarava: "Este livro é esplêndido. Não tinha ideia de que havia no mundo homens tão inteligentes". E também encontraram alguns números antigos de um jornal da metrópole. A publicação discorria sobre o que preferia chamar de "Nossa Expansão Colonial", numa linguagem bombástica. Falava muito dos direitos e deveres da civilização, do caráter sagrado da obra civilizatória, e louvava os méritos daqueles que partiam levando a luz, a fé e o comércio aos recantos mais escuros da Terra. Carlier e Kayerts leram, ponderaram e começaram a ter-se em conta mais alta. Carlier disse certa noite, acenando com uma das mãos: "Daqui a cem anos, pode ser que aqui exista uma cidade. Um porto, depósitos, e alojamentos, e — e — salões de bilhar. A civilização, meu rapaz, e a virtude — e tudo o mais. E então, as pessoas vão saber que estes dois sujeitos, Kayerts e Carlier, foram os primeiros homens civilizados a viver neste exato lugar!". Kayerts assentiu com a cabeça: "Sim, é um consolo pensar nisso". E pareceram esquecer-se do seu falecido predecessor; mas, um dia pela manhã, Carlier saiu e replantou com firmeza a cruz. "Sempre me fazia franzir os olhos, quando eu passava por lá", explicou ele a Kayerts de manhã, na hora do café. "Ela me fazia franzir os olhos, de tão inclinada que estava. E por isso plantei bem de pé. E com solidez, eu lhe garanto! Eu me pendurei no braço com as duas mãos, e a cruz nem se mexeu. Ah, foi um serviço benfeito."

Às vezes Gobila vinha vê-los. Gobila era o chefe das aldeias vizinhas. Era um selvagem grisalho, magro e preto, com um pano branco amarrado aos quadris e uma pele carcomida de pantera a pender pelas costas. Chegava a passos largos com suas pernas esqueléticas, portando um cajado da mesma altura que ele e, ao entrar na sala comum do posto, acocorava-se à esquerda da porta. E lá ficava, observando Kayerts e, de tempos em tempos, fazendo um discurso que o outro não compreendia. Kayerts, sem interromper seus afazeres, de vez em quando dizia em tom amigável: "Como vai, velho fantasma?", e trocavam sorrisos. Os dois brancos tinham uma certa simpatia por aquela criatura velha e incompreensível, e referiam-se a ele como o Pai Gobila. Os modos de Gobila eram de fato paternais, e ele dava mesmo a impressão de amar todos os brancos. Todos lhe pareciam muito jovens, indistinguivelmente semelhantes (exceto pela estatura), e sabia que eram todos irmãos, e também imortais. A morte do artista, o primeiro branco que conheceu de perto, não afetou essa crença, pois estava firmemente convencido de que o estranho branco só fingira morrer, tendo sido enterrado com alguma finalidade misteriosa, acerca da qual era inútil fazer perguntas. Talvez fosse a maneira de retornar à sua terra? De qualquer modo, aqueles ali eram irmãos dele, e ele lhes transferiu o seu afeto absurdo. Que os dois de certa forma retribuíam. Carlier dava-lhe tapas nas costas e riscava incontáveis fósforos para diverti-lo. Kayerts estava sempre pronto a deixá-lo aspirar o frasco de amônia. Em suma, comportavam-se como qualquer outra criatura branca que se tivesse enfiado num buraco. Gobila os examinava com atenção. Talvez eles fossem a mesma criatura que o outro — ou ao menos um deles talvez fosse. Não conseguia se resolver — esclarecer aquele mistério, mas mostrava-se sempre muito amigável. Em consequência dessa amizade, as mulheres da aldeia de Gobila chegavam toda manhã caminhando em fila indiana em meio à relva alta, trazendo para o posto aves, batatas-doces, vinho de palmeira e às vezes um bode. A Companhia nunca aprovisionava plenamente os postos, e os agentes dependiam desses suprimentos locais para viver. Deviam-nos à boa vontade de Gobila, e viviam bem. De vez em quando um dos dois tinha um acesso de febre, e o outro cuidava dele com carinho e devoção. E não davam muita importância a isso. A febre deixava-os mais fracos, e a sua aparência foi mudando para pior. Carlier tinha os olhos fundos e estava sempre irritável. Kayerts exibia um rosto encovado e flácido acima do volume pronunciado da barriga, o que lhe dava um aspecto bizarro. Mas estando sempre juntos, não percebiam a mudança que ocorria gradualmente na sua aparência, e também na sua disposição.

Cinco meses passaram-se assim.

Então, certa manhã, enquanto Kayerts e Carlier, estendidos em suas cadeiras na varanda, conversavam sobre a visita iminente do vapor, um grupo de homens armados saiu da floresta e avançou para o posto. Não eram daquela região. Eram altos, esbeltos, envoltos à moda clássica do pescoço aos calcanhares em panos azuis franjados, e carregavam mosquetes de percussão nos ombros direitos nus. Makola exibiu sinais de nervosismo, e correu para o depósito (onde passava os dias inteiros) ao encontro desses visitantes. Eles vieram até o pátio e olharam à toda volta com olhares firmes e desdenhosos. Seu chefe, um negro forte de ar determinado, com os olhos injetados, postou-se diante da varanda e fez um longo discurso. Gesticulava muito, e se interrompeu bruscamente.

Havia algo em sua entonação, nos sons das suas longas frases, que impressionou os dois brancos. Parecia a reminiscência de alguma coisa não exatamente familiar, mas que ainda assim lembrava o discurso de homens civilizados. Soava como uma daquelas línguas impossíveis que às vezes ouvimos em sonho.

"Que jargão é esse?", perguntou Carlier, espantado. "Num primeiro momento achei que ele fosse falar francês. De qualquer maneira, é uma algaravia diferente das que já ouvimos."

"É", replicou Kayerts. "Ei, Makola, o que ele está dizendo? De onde eles vieram? Quem são?"

Mas Makola, que parecia pisar em brasas, respondeu depressa: "Não sei. Vêm muito longe. Talvez sra. Price consiga entender. Talvez sejam maus".

O chefe, depois de esperar algum tempo, disse alguma coisa em tom brusco a Makola, que balançou a cabeça. Em seguida o homem, depois de olhar em volta, notou a cabana de Makola e se dirigiu para lá. No momento seguinte, ouviu-se a sra. Makola falando com grande volubilidade. Os outros desconhecidos — eram seis no total — andavam de um lado para outro muito à vontade, enfiaram a cabeça pela porta do depósito, congregaram-se em torno do túmulo, apontaram para a cruz com ar entendido, e no geral pareciam sentir-se em casa.

"Não gosto desses sujeitos — e veja só, Kayerts, eles devem vir da costa; têm armas de fogo", observou o sagaz Carlier.

Kayerts também não gostou daqueles sujeitos. Os dois, pela primeira vez, perceberam que viviam em condições nas quais o incomum pode ser perigoso, e que não havia além deles mesmos nenhum poder na Terra que pudesse se interpor entre os dois e o incomum. Ficaram inquietos, entraram e carregaram os seus revólveres. Kayerts disse: "Precisamos dizer a Makola que mande esses homens embora antes de anoitecer".

Os desconhecidos partiram durante a tarde, depois de uma refeição preparada para eles pela sra. Makola. A imensa mulher ficou animada e conversou muito com os visitantes. Tagarelava em voz aguda, apontando para vários pontos das matas e do rio. Makola se mantinha sentado à parte, assistindo. Às vezes se levantava e sussurrava alguma coisa para a mulher. Acompanhou os desconhecidos até o outro lado da ravina, nos fundos do terreno do posto, e voltou lentamente, com um ar bastante meditativo. Interrogado pelos brancos, respondeu de modo muito estranho, dando a impressão de não entender, dando a impressão de ter esquecido o francês — de ter esquecido totalmente a fala. Kayerts e Carlier concordaram que aquele negro devia ter exagerado no vinho de palmeira.

Chegaram a cogitar de alternar-se em turnos de sentinela mas, ao anoitecer, tudo parecia tão tranquilo e silencioso que foram dormir como de costume. A noite inteira o bater de tambores nas aldeias os perturbou. Um rufar grave e rápido mais próximo era respondido por outro mais distante — e depois tudo parava. Dali a pouco apelos curtos ressoavam aqui e ali, em seguida todos se misturavam, aumentavam, tornavam-se contínuos, cresciam em vigor e se espalhavam por toda a floresta, tocando a noite inteira, ininterruptos e intermináveis, perto e longe, como se toda aquela terra fosse um imenso tambor insistindo em tom grave num apelo aos céus. Ao longo de todo esse barulho surdo e intenso, berros súbitos que lembravam uma cantoria de hospício despontavam agudos e altos em jorros dissonantes de som que pareciam erguer-se muito acima da Terra e expulsar toda a paz do espaço coberto pelas estrelas.

Carlier e Kayerts dormiram mal. Ambos acharam ter ouvido tiros durante a noite — mas não conseguiram concordar quanto à direção de onde viriam. Ao amanhecer, Makola havia ido a algum lugar. Voltou em torno do meio-dia com um dos desconhecidos da véspera, e evitou todas as tentativas de aproximação feitas por Kayerts: ficara surdo, ao que tudo indicava. Kayerts perguntou-se o que poderia ter ocorrido. Carlier, que estava pescando da margem do rio, retornou e observou, enquanto mostrava os peixes que pegara: "Os negros parecem agitados feito o diabo; não sei o que pode estar acontecendo. Vi umas quinze canoas cruzando o rio nas duas horas que passei pescando". Kayerts, preocupado, disse: "E Makola hoje não está estranho?". Ao que Carlier aconselhou: "Vamos manter todos os nossos homens juntos, para o caso de haver problemas".

2

Havia dez homens que o Diretor deixara no posto. Esses homens, tendo assinado um contrato de seis meses com a Companhia (sem a menor ideia particular do que fosse um mês, e só com uma noção muito vaga do tempo em geral), vinham servindo a causa do progresso fazia mais de dois anos. Pertencendo a uma tribo de uma parte muito distante daquele país das trevas e da dor, não fugiam, supondo naturalmente que, como estrangeiros errantes, seriam mortos pelos habitantes da região, no que estavam certos. Viviam em choupanas de palha à margem de uma ravina coberta de relva e juncos, logo atrás da sede do posto. Não estavam satisfeitos, sentindo falta dos encantamentos festivos, das feitiçarias, dos sacrifícios humanos da sua terra; onde também tinham pais, irmãs, chefes a quem admiravam, feiticeiros a quem respeitavam, amigos queridos e outros laços geralmente considerados humanos. Além disso, não se davam bem com as rações de arroz servidas pela Companhia, um alimento desconhecido na sua terra e com o qual não conseguiam se acostumar. Em consequência, sofriam da saúde e viviam infelizes. Fossem de qualquer outra tribo, teriam decidido morrer — escapando assim das enigmáticas dificuldades da existência. No entanto, pertencendo como pertenciam a uma tribo guerreira com os dentes limados, tinham uma resistência maior, e insistiam estupidamente em viver apesar da doença e das contrariedades. Trabalhavam muito pouco, e haviam perdido o seu físico esplêndido. Carlier e Kayerts cuidavam deles com assiduidade, sem conseguir trazê-los de volta à boa forma. Os homens eram reunidos toda manhã e recebiam as suas diversas instruções — cortar a grama, construir paliçadas, derrubar árvores etc. etc., que não havia poder na Terra capaz de fazê-los executar com eficiência. Na prática, os dois brancos tinham pouquíssimo controle sobre eles.

À tarde, Makola veio até a casa grande e encontrou Kayerts olhando para três grossas colunas de fumaça que se erguiam da floresta. "O que é aquilo?", perguntou Kayerts. "Aldeias queimando", respondeu Makola, que parecia ter recobrado a razão. E então disse abruptamente: "Juntamos marfim muito pouco; seis meses muito fracos. Os senhores querem mais marfim?".

"Claro", respondeu Kayerts, ansioso. Pensava nas comissões, que estavam baixas.

"Homens que estiveram aqui ontem são mercadores de Luanda, carregam mais marfim do que conseguem levar de volta. Posso comprar? Sei onde é o acampamento deles."

"Sem dúvida", disse Kayerts. "Quem são esses mercadores?"

"Gente má", respondeu Makola, em tom indiferente. "Brigam com todo mundo, roubam mulheres e crianças. São homens maus, e armados. Perturbam muito região toda. Os senhores querem marfim?"

"Queremos", respondeu Kayerts. Makola não disse nada por um tempo. E depois: "Empregados daqui não prestam", murmurou, olhando em volta. "Posto sempre em péssimo estado. Diretor vai reclamar. Melhor arranjar bom lote de marfim, aí ele não diz nada."

"Não adianta, os homens não trabalham", disse Kayerts. "Quando você vai conseguir o marfim?"

"Daqui a pouco", respondeu Makola. "Hoje de noite, talvez. Deixe comigo, e fique dentro da casa, sr. Kayerts. Melhor mandar distribuir vinho de palmeira para os homens do posto e organizar dança hoje à noite. Para eles se divertir. Amanhã trabalham tudo melhor. Temos vinho de palmeira de sobra — azedou um pouco."

Kayerts disse: "Sim", e Makola, com as próprias mãos, carregou umas cabaças enormes para a porta da sua cabana. Ficaram ali até a noite, e a sra. Makola examinou bem cada uma delas. Os homens as receberam ao pôr do sol. Quando Kayerts e Carlier se recolheram, uma imensa fogueira fora acesa diante das cabanas dos empregados. Ouviram os seus gritos e os seus tambores. Alguns dos homens da aldeia de Gobila se haviam reunido aos trabalhadores do posto, e a diversão era um grande sucesso.

No meio da noite, Carlier acordou de repente e ouviu um homem gritando; em seguida, um tiro foi disparado. Um só. Carlier saiu correndo e esbarrou com Kayerts na varanda. Os dois estavam assustados. Quando atravessaram o pátio para ir chamar Makola, viram sombras movendo-se ligeiras na noite. Uma delas gritou: "Não atirem. Sou eu, Price". E então Makola apareceu ao lado deles. "Voltem, voltem, por favor", insistiu ele, "assim estragam tudo." "Há homens estranhos andando por aí", disse Carlier. "Não tem importância, eu sei", respondeu Makola. E em seguida sussurrou: "Está tudo bem. Vai trazer marfim. Não digam nada! Eu sei o que faço". Os dois brancos voltaram relutantes para casa, mas não dormiram. Ouviram passos, murmúrios, alguns gemidos. Tiveram a impressão de que muitos homens chegavam, jogavam coisas pesadas no chão e discutiam longamente antes de ir embora. Ficaram deitados nas suas camas duras, pensando: "Esse Makola vale ouro". Pela manhã Carlier saiu da casa, muito sonolento, e puxou o cordão do sino grande. Os empregados do posto reuniam-se todo dia ao toque do sino. Mas naquela manhã ninguém veio. Kayerts também apareceu, bocejando. Do outro lado do pátio, viram Makola sair da sua cabana, trazendo nas mãos uma bacia de metal cheia de água e sabão. Makola, um negro civilizado, cuidava muito do asseio pessoal. Atirou a espuma de sabão com grande pontaria em cima de um pobre cãozinho amarelo que tinha e depois, virando o rosto para a casa dos agentes, gritou de longe: "Homens todos foram embora ontem à noite!".

Os dois escutaram claramente o que ele disse, mas exclamaram surpresos ao mesmo tempo: "O quê?!". E em seguida se entreolharam. "Agora estamos em péssima situação", grunhiu Carlier. "É incrível!", murmurou Kayerts. "Vou olhar nas cabanas", disse Carlier, e saiu andando. Makola, ao chegar, encontrou Kayerts ali parado sozinho.

"Não estou acreditando", disse Kayerts, em tom de lamento. "Cuidávamos deles como se fossem nossos filhos."

"Foram com homens da costa", disse Makola, depois de um momento de hesitação.

"Que diferença faz saber com quem foram — os ingratos!", exclamou o outro. E então, com uma súbita desconfiança, e olhando fixo para Makola, acrescentou: "O que você sabe dessa história?".

Makola sacudiu os ombros, olhando para o chão. "O que eu sei? Eu só penso. O senhor quer ver ali o marfim que eu consegui? Bonito lote. O senhor nunca viu coisa igual."

Saiu andando na direção do depósito. Kayerts o seguia mecanicamente, pensando naquela inacreditável deserção dos empregados. No terreno diante da porta do fetiche, havia seis presas magníficas.

"O que você deu em troca?", perguntou Kayerts, depois de passar o lote em revista com grande satisfação.

"Não foi troca normal", disse Makola. "Eles trouxeram o marfim e deram. Aí eu disse para eles que podiam pegar o que mais quisessem no posto. O lote é maravilhoso. Nenhum posto juntou presas parecidas. Precisavam muito de carregadores, e os homens daqui não prestavam mesmo para nada. Não foi troca, não teve entrada nos livros: tudo correto."

Kayerts quase sufocou de indignação. "Ora!", exclamou. "Quer dizer que você vendeu os nossos homens em troca destas presas!" Makola continuava impassível e calado. "Eu — eu — vou — eu", gaguejou Kayerts. "Seu monstro!", gritou.

"Fiz o melhor para os senhores e a Companhia", respondeu Makola imperturbável. "Por que está gritando assim? Olhe só esta presa."

"Está demitido! Vou fazer um relatório — nem vou olhar para essa presa. Está proibido de tocar nelas. Eu lhe ordeno que jogue todas no rio. Você — você!"

"O senhor muito vermelho, sr. Kayerts. Se o sol lhe faz mal assim, vai pegar uma febre e morrer — igual ao primeiro chefe!", sentenciou Makola num tom assustador.

Calaram-se os dois, fitando-se com olhares intensos, como se fizessem um esforço para enxergar a grande distância. Kayerts estremeceu. Makola só quisera dizer aquilo mesmo, mas as suas palavras pareceram a Kayerts carregadas de ameaça e maus presságios! Virou-se bruscamente e voltou para dentro de casa. Makola refugiou-se no seio da sua família, e as presas de elefante, largadas no chão diante do depósito, pareciam muito grandes e valiosas ao sol.

Carlier voltou para a varanda. "Foram todos embora, hein?", perguntou Kayerts da extremidade oposta da sala numa voz abafada. "Você não encontrou ninguém?"

"Ah, sim", disse Carlier, "encontrei um dos homens de Gobila morto diante das cabanas — com o corpo atravessado por uma bala. Foi o tiro que ouvimos ontem à noite."

Kayerts saiu depressa. E viu o seu companheiro olhando com ar contrito para as presas do outro lado do pátio, junto ao depósito. Ficaram os dois sentados por algum tempo. E então Kayerts contou a conversa que tivera com Makola. Carlier não disse nada. No almoço, comeram muito pouco. E mal trocaram uma palavra o dia inteiro. Um grande silêncio parecia pairar sobre o posto, e com seu peso cerrar os lábios dos dois. Makola não abriu o depósito; passou o dia brincando com os filhos. Estendeu-se numa esteira junto à porta, enquanto as crianças sentavam no seu peito e subiam por todo o seu corpo. Era uma imagem tocante. A sra. Makola passou o dia inteiro cozinhando, como sempre. Os brancos fizeram uma refeição um pouco melhor à noite. Depois, Carlier foi até o depósito fumando o seu cachimbo, e ficou um longo tempo junto às novas presas, tocou uma ou duas com o pé, chegou até a tentar suspender a maior delas pela ponta mais fina. Voltou para junto do seu chefe, que não arredara o pé da varanda, atirou-se numa cadeira e disse:

"Já entendi! Eles foram atacados enquanto dormiam profundamente depois de terem tomado todo o vinho de palmeira que você deixou Makola distribuir para eles. Tudo combinado! Entendeu? E o pior é que alguns dos homens de Gobila também estavam lá, e foram levados junto, sem dúvida. O menos bêbado acordou, e acabou levando um tiro por causa da sobriedade. Que país estranho. E o que você vai fazer agora?"

"Não podemos ficar com isso, é claro", disse Kayerts.

"Claro que não", concordou Carlier.

"A escravidão é uma coisa horrível", gaguejou Kayerts com a voz trêmula.

"Terrível — tanto sofrimento", grunhiu Carlier com convicção.

Acreditavam no que diziam. Qualquer pessoa demonstra uma deferência respeitosa perante certos sons que ela própria ou os seus semelhantes são capazes de emitir. Quanto aos sentimentos, porém, ninguém na verdade sabe nada. Falamos com indignação ou entusiasmo, falamos de opressão, crueldade, crime, devoção, sacrifício, virtude, e não sabemos o que existe de real por trás das palavras. Ninguém sabe o que significa o sofrimento ou o sacrifício — exceto, talvez, as vítimas da finalidade misteriosa dessas ilusões.

Na manhã seguinte, viram Makola armando no pátio as grandes balanças usadas para pesar marfim. Finalmente Carlier disse: "O que o canalha imundo pode estar tramando?", e saiu para o pátio. Kayerts foi atrás. Ficaram assistindo. Makola nem lhes deu atenção. Depois que tarou a balança, tentou levantar uma das presas. Era demais para as suas forças. Olhou para os dois com ar de desamparo, sem dizer uma palavra, e por um minuto ficaram todos ali reunidos em torno da balança, mudos e imóveis como três estátuas. Finalmente Carlier disse: "Pegue a outra ponta, Makola — seu monstro!", e juntos levantaram a presa. Kayerts tremia da cabeça aos pés. Murmurou: "Ora essa! Ah, ora essa!", e enfiando a mão no bolso encontrou ali um papel sujo e um toco de lápis. Deu as costas para os outros, como se precisasse fazer alguma coisa especialmente difícil, e anotou quase às escondidas os pesos que Carlier lhe gritava num volume desnecessário. Ao final de tudo, Makola sussurrou consigo mesmo: "Sol forte demais para essas presas". Carlier disse a Kayerts num tom despreocupado: "Ora, chefe, melhor eu dar uma mãozinha a ele para guardar esse marfim no depósito".

Enquanto voltavam para casa, Kayerts observou com um suspiro: "Tinha de ser feito". E Carlier disse: "É lamentável mas, como os homens são empregados da Companhia, o marfim pertence à Companhia. Precisamos cuidar dele". "Vou fazer um relatório sobre tudo para o Diretor, claro", disse Kayerts. "É claro; ele que decida", aprovou Carlier.

Ao meio-dia fizeram uma refeição substancial. Kayerts suspirava de vez em quando. Sempre que mencionavam o nome de Makola, acrescentavam a ele algum epíteto de opróbrio. Aliviava a sua consciência. Makola concedeu-se um meio-feriado e levou as crianças ao rio para dar-lhes um banho. Ninguém das aldeias de Gobila se aproximou do posto nesse dia. Ninguém veio no dia seguinte, nem no outro, nem por toda uma semana. Pelo tanto que davam de sinal de vida, os chefiados de Gobila podiam estar todos mortos e enterrados. Mas só estavam de luto por aqueles que tinham perdido por causa da feitiçaria dos brancos, que haviam trazido gente má para a sua terra. Os maus foram embora, mas o medo ficou. O medo sempre fica. Um homem pode destruir tudo dentro de si, o amor, o ódio e a fé, e mesmo a dúvida, mas, enquanto ele se aferrar à vida, não consegue acabar com o medo: o medo, sutil, indestrutível e pavoroso, que toma conta do seu ser; que tinge os seus pensamentos; que se refugia no seu coração; que assiste dos seus lábios à luta do seu último suspiro. No seu medo, o velho Gobila ofereceu mais sacrifícios humanos a todos os Maus Espíritos que tinham se apossado dos seus amigos brancos. Seu coração lhe pesava. Alguns guerreiros falaram em queimar e matar, mas o prudente velho selvagem dissuadiu-os. Quem poderia imaginar os males que essas misteriosas criaturas, se irritadas, poderiam fazer? Deviam ser deixados em paz. Talvez com o tempo eles sumissem na terra, como acontecera com o primeiro deles. Seu povo devia manter distância, e esperar que tudo melhorasse.

Kayerts e Carlier, contudo, não sumiram, permanecendo sobre aquela terra que, de alguma forma, imaginavam ter ficado maior e muito vazia. Não era a solidão absoluta e muda do posto que os impressionava mais que tudo, mas um sentimento inarticulado de que algo dentro deles tinha se perdido, algo que operava em prol da sua segurança e impedira que a selva afetasse os seus corações. As imagens de casa; a memória de pessoas como eles, de homens que pensavam e sentiam como eles costumavam pensar e sentir, recuaram para distâncias onde se tornaram indistintas por efeito do brilho do sol sem nuvens. E, emanando do grande silêncio da selva que os cercava, o desamparo e a selvageria daquela solidão pareciam trazê-los mais para perto, atraí-los mansamente, para examiná-los, para envolvê-los com uma solicitude irresistível, familiar e repulsiva.

Os dias transformaram-se em semanas, e depois em meses. O povo de Gobila tocava os tambores e emitia os seus gritos para cada lua nova, como antes, mas mantinha-se longe do posto. Makola e Carlier uma vez tentaram numa canoa abrir comunicações, mas foram recebidos por uma chuva de flechas e precisaram retornar correndo ao posto para salvar as suas vidas. A tentativa provocou em toda a área rio acima e rio abaixo uma grande comoção, que pôde ser claramente ouvida por vários dias. O vapor estava atrasado. Num primeiro momento falavam do atraso em tom ligeiro, em seguida ansioso, mais tarde sombrio. A situação estava ficando séria. Os mantimentos estocados escasseavam. Carlier lançava seus anzóis da margem, mas o rio estava baixo e os peixes se mantinham na calha mais funda do leito. Os dois não ousavam afastar-se do posto para caçar. Além do mais, não havia caça na floresta impenetrável. Uma vez, Carlier abateu um hipopótamo em pleno rio. Não tinham barco para puxá-lo, e ele afundou. Quando subiu à tona foi arrastado pela corrente, e o povo de Gobila recuperou a carcaça. Foi a ocasião de um verdadeiro feriado nacional, mas Carlier teve um acesso de raiva provocado pelo incidente e começou a falar da necessidade de exterminar todos os negros para que aquele país se tornasse habitável. Kayerts amuava-se em silêncio e passava horas contemplando um retrato da sua Melie, uma garotinha com longas tranças descoradas e uma expressão bastante azeda. Kayerts tinha as pernas muito inchadas, e mal conseguia andar. Carlier, minado pela febre, já não conseguia exibir o mesmo porte garboso, mas continuava a se arrastar de um lado para o outro, sempre com um ar de descaso, como convinha a um homem que se lembrava do brilho do seu regimento. Adotara um tom rouco, sarcástico, inclinado a dizer coisas desagradáveis. O que chamava de "ser franco com você". Fazia muito tempo que haviam calculado as suas comissões sobre o marfim, incluindo nelas o último negócio do "infame Makola". E também concluíram que era melhor não dizer nada sobre ele. Kayerts hesitou num primeiro momento — tinha medo do Diretor.

"Ele já viu coisas piores resolvidas em silêncio", afirmou Carlier, com um riso roufenho. "Pode acreditar! Ele não iria ficar agradecido se você desse com a língua nos dentes. Ele não é melhor do que você ou eu. Quem vai falar, se nós ficarmos quietos? Não há ninguém aqui."

Eis a raiz dos problemas! Não havia ninguém ali; tendo sido deixados a sós com as suas fraquezas, cada dia eles se tornavam mais uma dupla de cúmplices do que um par de amigos próximos. Fazia oito meses que não tinham notícias de casa. Toda noite diziam: "Amanhã vamos ver o vapor". Mas um dos vapores da Companhia naufragara, e o Diretor estava usando o outro, promovendo a troca de guarda em postos muito distantes e importantes à beira do grande rio. Para ele, aquele posto inútil e aqueles homens inúteis bem podiam esperar. Enquanto isso, Kayerts e Carlier viviam à base de arroz cozido sem sal, e amaldiçoavam a Companhia, toda a África, o dia em que nasceram. A pessoa precisa viver com essa dieta para descobrir o quanto engolir a comida pode se transformar num esforço horrendo. Não havia literalmente mais nada no posto além de arroz e café; e tomavam o café sem açúcar. Os últimos quinze torrões Kayerts trancara solenemente na sua arca, junto com meia garrafa de conhaque, "para o caso de doença", disse. Carlier aprovou. "Na hora da doença", comentou ele, "qualquer coisinha a mais anima a gente."

Esperavam. Ervas daninhas começaram a brotar por todo o pátio. O sino nunca mais tocava. Os dias passavam, silenciosos, exasperantes e lentos. Toda vez que os dois homens falavam, era rosnando; e seus silêncios eram amargos, como que contaminados pelo amargor dos seus pensamentos.

Um dia, depois de um almoço de arroz cozido, Carlier baixou a xícara de que ainda não bebera e disse: "Pois que se dane! Vamos tomar uma xícara de café decente desta vez. Vá buscar o açúcar, Kayerts!".

"É só para caso de doença", murmurou Kayerts, sem levantar os olhos.

"Para caso de doença", zombou Carlier. "Asneira!... Pois bem! Estou doente."

"Não está mais doente do que eu, e eu consigo passar sem açúcar", disse Kayerts num tom pacífico.

"Vamos! Traga logo o açúcar, seu velho sovina, traficante de escravos!"

Kayerts ergueu os olhos de imediato. Carlier estava sorrindo com uma insolência acentuada. E de repente Kayerts teve a impressão de que nunca o vira antes. Quem era ele? Não sabia nada a seu respeito. Do que seria capaz? Houve uma irrupção repentina de emoção violenta dentro dele, como que na presença de alguma coisa inesperada, perigosa e final. Mas conseguiu responder com compostura:

"Uma brincadeira de muito mau gosto. Não repita."

"Brincadeira!", disse Carlier, avançando no assento. "Estou com fome — estou doente — não estou brincando! Detesto hipócritas. Você é um hipócrita. É um traficante de escravos. Eu sou um traficante de escravos. Só existem traficantes de escravos neste maldito país. E quero açúcar no meu café, hoje, seja como for!"

"Eu o proíbo de me falar dessa maneira", disse Kayerts demonstrando bastante resolução.

"Você! — O quê?", gritou Carlier, pondo-se de pé num salto.

Kayerts também se levantou. "Eu sou seu chefe", começou ele, tentando controlar o tremor da voz.

"O quê?", berrou o outro. "Quem é o chefe? Ninguém é chefe aqui. Ninguém é nada aqui. Somos só você e eu. Vá buscar o açúcar — seu jumento pançudo."

"Cale a boca. Saia desta sala", gritou Kayerts. "Está demitido — seu patife!"

Carlier pegou um banco. Na mesma hora, adquiriu uma aparência realmente perigosa. "Seu civil gordo e imprestável — tome isto!", berrou.

Kayerts atirou-se debaixo da mesa, e o banco atingiu a parede interna da sala, feita de junco. Em seguida, quando Carlier começou a tentar virar a mesa, Kayerts saiu desesperado correndo às cegas, de cabeça baixa, como faria um porco encurralado, e, derrubando o amigo, saiu disparado pela varanda e entrou no seu quarto. Trancou a porta, pegou o seu revólver e ficou ali parado, respirando com força. Em menos de um minuto Carlier desferia pontapés furiosos na porta, berrando: "Se você não me trouxer o açúcar, eu vou matá-lo agora mesmo, como um cão! Vou contar, um — dois — três. Não vem? Então vou lhe mostrar quem manda aqui".

Kayerts achou que a porta fosse ceder, e saiu pela abertura quadrada que servia de janela no seu quarto. E pôs toda a largura da casa entre ele e o outro. Mas parece que Carlier não teve força suficiente para arrombar a porta, e Kayerts ouviu os seus passos, correndo em volta da casa. E na mesma hora começou a correr ele também, forçando ao máximo as pernas inchadas. Correu o mais depressa que podia, segurando o revólver com força e ainda incapaz de compreender o que estava acontecendo. Viu em sucessão a casa de Makola, o depósito, o rio, a ravina e o mato baixo; e tornou a ver todas as mesmas coisas quando, sempre correndo, deu a segunda volta na casa. E tudo se sucedia rapidamente debaixo dos seus olhos. Naquela manhã, teria sido incapaz de andar um metro sem gemer.

E agora estava correndo. O suficiente para manter-se fora do alcance do outro homem.

E então, quando pensou, tomado pela fraqueza e pelo desespero: "Antes de terminar a próxima volta estarei morto", ouviu o outro homem tropeçar pesadamente, e parar. E também parou. Estava nos fundos da casa, e Carlier na frente, como no começo. Ouviu o outro derrubar uma cadeira, praguejando, e de repente as suas próprias pernas cederam, e ele se deixou escorregar de costas pela parede até cair numa postura sentada. Sua boca seca tinha gosto de cinza, o rosto estava molhado de transpiração — e lágrimas. O que estava acontecendo? Pensou que só podia ser alguma ilusão horrível; pensou que estava sonhando; pensou que estava enlouquecendo! Depois de algum tempo, recobrou o controle. Por que tinham brigado? O açúcar! Que absurdo! Ele daria o açúcar a Carlier — não o queria para si. E começou a levantar-se, com algum esforço e uma sensação repentina de segurança. Antes que tivesse conseguido chegar a uma posição ereta, porém, ocorreu-lhe uma reflexão simples que o devolveu ao desespero. E pensou: "Se eu ceder agora a esse soldado grosseiro, ele vai recomeçar o mesmo horror amanhã — e no dia seguinte — todo dia — mostrar outras pretensões, pisotear-me, torturar-me, transformar-me num escravo — e estarei perdido! Perdido! O vapor pode demorar dias ainda a chegar — pode não chegar nunca". Tremia tanto que precisou sentar-se outra vez no chão. Os tremores eram incontroláveis. Sentiu que não conseguiria mais se mover, que nunca mais se moveria. Ficou completamente transtornado com a percepção brusca de que a sua posição era sem saída — de que a morte e a vida, num momento, tinham-se tornado igualmente difíceis e terríveis.

No mesmo instante, ouviu o outro empurrar a cadeira; e levantou-se de um salto com extrema facilidade. Ficou escutando e se sentiu confuso. Precisava correr de novo! Para a direita ou para a esquerda? Ouviu passos. Saiu em disparada para a esquerda, segurando firme o revólver, e teve a impressão de que, no mesmo instante, eles entraram em violenta colisão. Os dois exclamaram surpresos. Um estrondo muito alto ocorreu no meio deles; uma explosão de fogo vermelho, fumaça espessa; e Kayerts, cego e surdo, afastou-se correndo para trás, pensando: "Fui ferido — está tudo acabado". Esperava que o outro aparecesse — para regozijar-se com a sua agonia. Segurou-se a um dos esteios da varanda — "Tudo acabado!". E então ouviu uma queda ruidosa do outro lado da casa, como se alguém tivesse tropeçado numa cadeira — e depois o silêncio. Nada mais. Não morreu. Só o seu ombro parecia ter sofrido um deslocamento grave, e perdera o revólver. Estava desarmado, e indefeso! Ficou esperando pelo seu destino. O outro homem não produzia som algum. Devia ser um estratagema. Estava de tocaia! Em qual dos lados da casa? Talvez estivesse fazendo pontaria naquele minuto!

Ao cabo de alguns momentos de uma agonia absurda e cheia de medo, decidiu caminhar ao encontro do seu fim. Dispunha-se a qualquer tipo de rendição. Contornou a parede lateral da casa, apoiando-se nela com uma das mãos; deu alguns passos, e quase desmaiou. Tinha visto no chão, em frente ao canto oposto da casa, um par de pés virados para cima. Um par de pés brancos sem meias enfiados em chinelos. Sentiu uma náusea mortal, e ficou imóvel um instante no meio de trevas profundas. E então Makola apareceu diante dele, dizendo baixinho: "Venha, sr. Kayerts. Ele morreu". Prorrompeu em lágrimas de gratidão; um pranto alto, entrecortado de soluços. Depois de algum tempo, descobriu-se sentado numa cadeira e olhando para Carlier, que jazia estendido de costas. Makola estava ajoelhado sobre o corpo.

"Este revólver é o seu?", perguntou Makola, levantando-se.

"É", respondeu Kayerts, e acrescentou muito depressa: "Ele estava correndo atrás de mim para me matar — você viu!".

"Sim, vi", disse Makola. "Mas só um revólver; onde está o dele?"

"Não sei", sussurrou Kayerts numa voz que soou de repente muito fraca.

"Vou procurar", disse o outro em tom calmo. E deu toda a volta na casa pela varanda, enquanto Kayerts ficava sentado, contemplando o cadáver em silêncio. Makola retornou de mãos vazias, refletiu profundamente, depois entrou sem dizer nada no quarto do morto e saiu em seguida com um revólver, que mostrou a Kayerts. Kayerts fechou os olhos. Tudo girava. Achava a vida mais terrível e difícil do que a morte. Atirara num homem desarmado.

Depois de meditar por algum tempo, Makola disse baixinho, apontando para o morto, estendido ali com um buraco onde antes ficava o olho direito:

"Morreu de febre." Kayerts fitou-o com um olhar petrificado. "Sim", repetiu Makola, com ar pensativo, passando por cima do corpo, "acho que morreu de febre. Amanhã a gente enterra."

E saiu caminhando devagar na direção da mulher que o esperava, deixando os dois brancos sozinhos na varanda.

Veio a noite, e Kayerts continuava sentado na sua cadeira. Estava imóvel, como se tivesse tomado uma dose de ópio. A violência das emoções por que havia passado resultara num estado de serenidade exausta. Numa única tarde ele tinha chegado ao fundo do horror e do desespero, e agora encontrava alívio na convicção de que a vida já não lhe reservava segredos: e nem a morte! Permaneceu sentado junto ao corpo, pensando; pensando muito ativamente, pensando em coisas totalmente novas. Parecia ter-se desprendido completamente de si mesmo. Seus antigos pensamentos, suas antigas preferências e antipatias, as coisas que respeitava e as coisas que detestava, apareciam-lhe afinal em seu verdadeiro aspecto! Desprezíveis e infantis, falsas e ridículas. Saboreou a sua sabedoria recém-adquirida, sempre sentado ao lado do homem a quem matara. Discutiu interiormente tudo que havia debaixo dos céus, com o tipo de lucidez obstinada que se pode observar em alguns lunáticos. Finalmente concluiu que o sujeito morto ali tinha sido um animal desagradável, de qualquer maneira, e que todo dia morriam homens aos milhares; talvez às centenas de milhares — quem poderia dizer? — e que no meio desse número aquela morte não podia fazer muita diferença; não podia ter a menor importância, pelo menos para uma criatura pensante. E ele, Kayerts, era uma criatura pensante. A vida inteira, até aquele momento, acreditara em muitas asneiras, como o resto da humanidade — todos idiotas; mas agora ele pensava! Ele descobrira! Estava em paz; conhecera a mais alta sabedoria! E então tentou imaginar a si próprio morto, enquanto Carlier, sentado na sua cadeira, olhava para ele; e a tentativa obteve um sucesso tamanho e tão inesperado que, por pouquíssimos momentos, teve dúvidas quanto a quem estava morto e quem ficara vivo. Aquele extraordinário feito da sua imaginação assustou-o, contudo, e ele precisou de um esforço determinado e oportuno do espírito para, na última hora, conseguir evitar transformar-se em Carlier. Seu coração disparara, e ele sentia um calor tomar conta de todo o seu corpo quando pensava naquele perigo. Carlier! Que coisa terrível! Para recompor os nervos agora perturbados — e com bons motivos! — tentou assobiar um pouco. E então, inesperadamente, adormeceu, ou achou que tinha adormecido, mas de qualquer modo caiu um nevoeiro, e um apito soou no meio da cerração.

Ele se levantou. O dia tinha chegado, e uma neblina pesada se abatera sobre a terra: um nevoeiro penetrante, envolvente e silencioso; a cerração matinal das terras tropicais; o nevoeiro que persiste e mata; o nevoeiro branco e mortífero, imaculado e venenoso. Levantou-se, viu o corpo, e atirou os braços para cima com um grito que parecia o de um homem que, despertando de um transe, descobre-se emparedado para sempre num túmulo. "Socorro!... Meu Deus."

Um grito desumano, vibrante e súbito, perfurou como um dardo pontiagudo o manto branco que cobria aquela terra da dor. Três gritos curtos e impacientes o sucederam, e então, por algum tempo, as dobras da cerração continuaram a espalhar-se, imperturbáveis, por sobre um silêncio formidável. E então mais gritos, rápidos e agudos, como os berros de alguma criatura impaciente e impiedosa, cortaram o ar. O progresso chamava Kayerts do rio. O progresso, a civilização e todas as virtudes. A sociedade convocava o seu filho consumado a vir, a entregar-se aos seus cuidados, a ser investigado, a ser julgado, a ser condenado, ela o chamava a voltar para aquele monte de lixo do qual ele se afastara, para que se fizesse justiça.

Kayerts ouviu e compreendeu. Saiu tropeçando da varanda, deixando o outro homem a sós pela primeira vez desde que se tinham reunido naquele posto. Saiu tateando em meio ao nevoeiro, pedindo em sua ignorância que os céus invisíveis desfizessem a sua obra. Makola passou correndo em meio ao nevoeiro, gritando enquanto corria:

"O vapor! O vapor! Não estão enxergando nada. Chamando o posto com o apito. Vou tocar o sino. Desça para o cais, sr. Kayerts. Eu toco o sino."

E desapareceu. Kayerts ficou parado. Olhou para cima; o nevoeiro pairava bem baixo sobre a sua cabeça. Olhou em toda a sua volta como um homem que se perdeu no caminho; e viu uma forma escura, uma mancha em forma de cruz, em meio à brancura móvel da neblina. Quando começava a tropeçar na direção dela, o sino do posto começou a tocar badaladas agitadas, em resposta aos gritos impacientes do vapor.

O Diretor-Geral da Grande Companhia Civilizadora (pois sabemos que a civilização sempre sucede o comércio) foi o primeiro a descer, e na mesma hora perdeu de vista o vapor. Na superfície do rio, a cerração era extremamente densa; mais acima, no posto, o sino tocava sem parar, desavergonhadamente.

O Diretor gritou na direção do barco:

"Ninguém veio nos receber; pode estar havendo algum problema, embora estejam tocando o sino. É melhor vocês virem também!"

E começou a subir a encosta muito inclinada. O capitão e o maquinista do barco vinham atrás dele. À medida que subiam, o nevoeiro ficava mais ralo, e conseguiam ver o seu Diretor alguns metros adiante. De repente eles o viram disparar em frente, gritando-lhes por cima do ombro: "Corram! Corram para a casa! Encontrei um deles. Corram, procurem o outro!".

Encontrara um deles! E mesmo ele, homem de experiência variada e espantosa, ficou um tanto desconcertado com a aparência do que achou. Procurou nos bolsos (uma faca) enquanto contemplava Kayerts, que pendia da cruz por uma correia de couro amarrada ao pescoço. Evidentemente subira na sepultura, que era alta e estreita e, depois de prender a ponta da correia ao braço da cruz, atirara-se de lá. Seus dedos dos pés pairavam a poucos centímetros do chão; os braços pendiam inertes; ele parecia em rígida posição de sentido, mas com uma das faces arroxeadas apoiada no ombro. E, irreverente, mostrava uma língua inchada para o seu Diretor-Geral.

Posfácio

PERSISTÊNCIA DE TREVAS[1]

Luiz Felipe de Alencastro

A ficção é história, história humana, ou não é nada. Mas também é mais que isso: ela se apoia em chão mais firme, baseando-se na realidade das formas e na observação dos fenômenos sociais, enquanto a história é baseada em documentos e na leitura de impressos e de manuscritos — em conhecimento de segunda mão. Assim, a ficção está mais próxima da verdade. Mas deixemos isso de lado. Um historiador também pode ser um artista, e um novelista é um historiador, o preservador, o detentor, o expositor, da experiência humana.

Joseph Conrad, "Henry James: an appreciation"[2]

A nova edição deste conto e desta novela de Joseph Conrad dispensa prefácios. Mas merece um posfácio que se proponha a sublinhar a contemporaneidade da novela — com o título mais conradiano de *Coração das trevas* na tradução de Sergio Flaksman —, publicada há mais de cem anos.[3]

Nas últimas décadas, *Coração das trevas* tem suscitado múltiplos desdobramentos temáticos e artísticos. O mais célebre en-

[1] Este texto é uma versão ampliada e modificada do comentário que apresentei na Festa Literária Internacional de Parati em julho de 2007. Agradeço aos organizadores da FLIP e a Cassiano Elek Machado a oportunidade que me foi dada para comentar a novela de Conrad diante de um público numeroso e atento.

[2] Joseph Conrad, "Henry James: an appreciation", texto publicado em 1905, incluído em J. Conrad, *Notes on life and letters*, Londres: J. M. Dent, 1949, volume acessível no site <http://onlinebooks.library.upenn.edu/webbin/gutbook/lookup?num=1143>.

[3] Escrita em poucas semanas e logo publicada em três partes na revista mensal britânica *Blackwood's Magazine*, em 1899, com o título *The heart of darkness*, a novela foi reeditada em 1902, no volume *Youth*. No livro, Conrad

tre eles terá sido o filme de Francis Ford Coppola, *Apocalypse now*, lançado em 1979 e apresentado numa versão mais longa em 2001.[4] Inspirado na trama da novela de Conrad e retratando a Guerra do Vietnã, o filme transformou-se numa obra de corpo inteiro e num sucesso cinematográfico. A ponto de levar alguns editores a aplicar nos exemplares da novela uma tarja indicando a filiação entre as duas obras.

Outros desdobramentos se referem às abordagens críticas de gerações de grandes e pequenos escritores e cientistas sociais sobre *Coração das trevas*.[5] A partir dos anos 1980, o início da publicação da correspondência de Conrad, agora concluída no seu nono volume, gerou novos estudos sobre o escritor.[6] Revelações mais recentes sobre a barbárie colonialista belga no Congo, tal como aparecem no livro de Adam Hochschild, *O fantasma do rei Leopoldo*, best-seller publicado por esta mesma editora, também compõem a extensa lista de obras que reinterpretam e comentam *Coração das trevas*.

De mais a mais, a intensidade e a sutileza da novela, bem como as questões morais, históricas e literárias nela introduzidas, converteram-na num dos textos obrigatórios do ensino co-

---

alterou o título para *Heart of darkness* e incluiu duas outras novelas, *Youth: a narrative* e *The end of the tether*. Sergio Flaksman propõe nesta edição o título *Coração das trevas*, em lugar do tradicional *No coração das trevas*. A mudança me pareceu judiciosa e fiel ao nome definitivo da novela, além de estar conforme às edições em alemão (*Herz der Finsternis*) e em italiano (*Cuore di tenebra*). Em espanhol o título habitual é *El corazón de las tinieblas*, e no francês *Au cœur des ténèbres*. No entanto, Pierre Assouline, escritor e crítico literário do jornal *Le Monde*, considera *Cœur des ténèbres* um título mais em acordo com o original.

[4] A versão mais longa, *Apocalypse now redux*, incorpora, notadamente, um episódio sobre o colonialismo francês na Indochina que situa a Guerra do Vietnã na continuidade histórica.

[5] Entre elas, a reflexão de Edward Said, ponto alto dos *postcolonial studies*, E. W. Said, *Cultura e imperialismo*, São Paulo: Companhia das Letras, 1995.

[6] O volume 1 da correspondência apareceu em 1983; o último volume, de número 9, acabou de ser lançado, Laurence Davies, O. Knowles, G. M. Moore, J. H. Stape, *The collected letters of Joseph Conrad*, Nova York: Cambridge University Press, 2008, vol. 9.

legial e universitário dos Estados Unidos e da maioria dos países anglófonos. Assim, *Coração das trevas* apresenta-se como uma das obras mais reeditadas e estudadas do século XX. "Gugolizando" (*googleing*) o título "*heart of darkness*", acham-se edições digitais da novela, ensaios, vários "*studies guides*" com o texto de Conrad mastigado para o dever de casa dos estudantes, em centenas de milhares de citações on-line. Sem contar as menções disponíveis em outros idiomas.[7]

Como sói acontecer com as grandes obras de arte, no entrelace de referências criativas a novela estende sua abrangência. Para mencionar um dos casos mais conhecidos, Coppola incorpora em *Apocalypse now* uma citação da citação conradiana. O repórter fotográfico doidinho (Dennis Hopper, que corresponde ao acólito russo de Kurtz na novela) e o próprio Kurtz (Marlon Brando) recitam na floresta indochinesa versos do célebre poema de T. S. Eliot, "Hollow men" (1925), cuja epígrafe é tirada da novela de Conrad.[8] Naturalmente, as obras inspiradas por Conrad tomam rumos contrastados. Conforme algumas sondagens on-line, pessoas que se interessaram pela novela depois de terem assistido a *Apocalypse now* acharam tediosa a leitura de *Coração das trevas*.

Ensaios e comentários críticos sobre *Coração das trevas* privilegiam, de maneira geral, duas linhas de interpretação em boa medida complementares. A primeira, cujo conteúdo está sobretudo explicitado na metade inicial do texto, concerne à desumanização e à violência engendradas pelo colonialismo europeu na África. Mais baseada na outra metade da novela, a segunda lei-

[7] O site mais completo e autorizado sobre a obra de Conrad é o da seção britânica (há outras no Japão, na Polônia, na França e nos Estados Unidos) da Joseph Conrad Society, acessível em <http://www.josephconradsociety.org/index.htm>.

[8] "*Mistah Kurtz — he dead*"
We are the hollow men
We are the stuffed men
Leaning together
Headpiece filled with straw. Alas!

tura aponta para a inquietação existencial e o desregramento de indivíduos confrontados com a ruptura dos laços sociais.[9] Como se viu, ambas as interpretações estão também presentes, num registro irônico, em "Um posto avançado do progresso" (1896), que precede e prepara *Coração das trevas*. Antes de abordar essas interpretações, vale a pena lembrar fatos históricos cujo paralelismo com trechos de *Coração das trevas* parecia evidente para os contemporâneos de Conrad.

Durante seis meses, de 1890 para 1891, Conrad viveu na África Central, onde capitaneou um vapor com roda de pás (como as "gaiolas" do rio São Francisco) no rio Congo. Desceu o curso entre Kisangani (antes chamada Stanleyville, o "Posto do Interior" na novela) e Kinshasa (antes Leopoldville, "Posto Central") trazendo passageiros e carga. Tinha 32 anos e estava a serviço da Société Anonyme Belge pour le Commerce du Haut-Congo (a "Companhia"), sediada em Bruxelas.

Para chegar ao Congo, ele embarcara em Bordeaux num vapor francês que se chamava *Ville de Maceio*. Assim mesmo, sem o acento na última sílaba, o navio prestava homenagem à capital das Alagoas, vista pelos europeus como porto ainda exótico de um Atlântico mais devassado sob o impulso da navegação a vapor. Além de Conrad e de outros passageiros, o *Ville de Maceio* levava uma carga especial: os trilhos da primeira estrada de ferro da África Central. Marlow narra a truculência do trabalho forçado na ferrovia, construída por filas de negros acorrentados com "uma coleira de ferro no pescoço".[10] Terminada em 1898, a es-

[9] Os especialistas mostraram que Conrad escreveu a primeira parte da novela numa perspectiva mais anticolonialista, sem ter ainda construído o personagem de Kurtz, que acabou tomando conta da novela inteira.

[10] Os leitores da *Blackwood's* já conheciam Conrad desde a publicação na revista da novela *Karain* (novembro de 1897), e Marlow, desde a publicação de *Youth* (setembro de 1898), na qual ele aparece pela primeira vez como narrador. Os que haviam terminado de ler *Coração das trevas* no número de abril de 1899

trada de ferro seguia o trecho não navegável do rio, indo de Matadi (o "Posto Central da Companhia"), no Baixo Congo, porto fluvial aberto à navegação marítima, até Kinshasa, de onde já se podia navegar rio acima para Kisangani. Aproximando os vapores do Congo das grandes rotas marítimas, a ferrovia ampliava a logística da exploração colonial.

Na verdade, entre a viagem de Conrad, em 1890, e a publicação de *Coração das trevas* na *Blackwood's Magazine*, em 1899, a percepção geral sobre a colonização do Congo havia se alterado. Denúncias de missionários e militantes comprometiam a empreitada do rei Leopoldo II na África Central.[11] Nos últimos anos do século XIX, quando a principal riqueza, o marfim — obsessão dos agentes coloniais no conto e na novela —, foi substituída pela borracha, as atrocidades e o trabalho compulsório extorquido dos congoleses atingiram outro patamar. Inventado o processo de vulcanização, a borracha começou a ser usada em tubos, nos pneus das bicicletas (1888) e dos carros da nascente indústria automobilística (1896). Na passagem das vendas de marfim, extrativismo multissecular conectado a um mercado estável, às exportações de borracha, puxadas pela demanda crescente das novas indústrias, tudo havia mudado. Tirado de maneira predatória de cipós e plantas oleaginosas distintas da seringueira, o látex do Congo sofria a concorrência do produto amazonense e, em seguida, da borracha exportada das plantações de seringueira na Ásia. Daí o endurecimento da exploração dos congoleses.[12]

Impelida pela máquina a vapor e pelos avanços industriais, a

---

da *Blackwood's* reencontram Marlow como narrador principal de *Lord Jim* no número de outubro da mesma revista.

[11] Em 1885, as potências ocidentais reconheceram a soberania, a título privado, de Leopoldo II sobre boa parte da África Central. Nascia o Estado Livre do Congo, que, em 1908, foi transformado em colônia belga. Independente em 1960, o país se chama atualmente República Democrática do Congo.

[12] O livro de denúncias publicado em 1907 pelo jornalista e escritor socialista inglês E. D. Morel, amigo e correspondente de Conrad, intitula-se *Borracha*

Segunda Expansão Europeia assegurava a superioridade militar dos ocidentais no ultramar, graças à modernização da canhoneira, da artilharia ligeira e dos novos fuzis. Primeira arma carregada pela culatra com cartuchos metálicos, o fuzil Martini-Henry tornou-se o armamento emblemático das tropas britânicas nas colônias. Na novela, Marlow destaca o Martini-Henry como o principal trunfo dos colonos diante dos congoleses que atacam o seu barco.

O *Scramble for Africa*, a corrida intermetropolitana para ocupar terras e pontos estratégicos no continente africano, exacerbava o nacionalismo e as rivalidades europeias. Nesse quadro, vulgariza-se na Inglaterra a analogia entre o Império Romano e o Império Britânico, supostamente fundadores de comunidades mais organizadas e mais avançadas em suas colônias. Ao contrário, os holandeses e os belgas (e os franceses) eram comparados aos antigos fenícios, unicamente interessados no comércio e na pilhagem colonial.

Em "Um posto avançado do progresso", os dois colonos aparvalhados têm nomes associados à metade francófona (Carlier) e à metade flamenga (Kayerts) da Bélgica. Da mesma forma, Marlow ironiza as empreitadas africanas dos belgas e dos franceses, os negócios "do Continente". Sem ser citada, mas reconhecível pelos leitores da época, Bruxelas é tratada em *Coração das trevas* como o "sepulcro caiado", o sítio da hipocrisia bíblica. Num trecho do manuscrito retirado da versão definitiva da novela, Conrad alude a Leopoldo II como um "rei de terceira categoria" e fustiga a administração belga em Kinshasa. Na opinião pública londrina, a Bélgica aparecia como um reino meio troncho, dotado de um monarca que buscava obter na pilhagem do Congo a densidade política de que carecia na diplomacia europeia.[13]

---

vermelha, E. D. Morel, *Red rubber: the story of the rubber slave trade flourishing on the Congo in the year of grace 1906*, Londres: T. Fisher Unwin, 1906.

[13] Jonah Raskin, "*Heart of darkness*: the manuscript revisions", *The Review of English Studies*, vol. 18 (69), 1967, pp. 30-7.

Na circunstância, as intenções anticolonialistas inscritas em *Coração das trevas* podem ter sido entendidas pelos contemporâneos de Conrad, e provavelmente por muitos leitores da *Blackwood's Magazine*, conforme apontou Atkinson, como um ataque dirigido à política belga no Congo, a um colonialismo de terceira categoria, sem a envergadura do colonialismo inglês.[14]

Sucede que a novela também estigmatiza o imperialismo na sua generalidade. Logo no início, o narrador implícito menciona sir Francis Drake, notório corsário inglês nobilitado pela rainha Elisabete I, sublinhando que ele organizava suas explorações quinhentistas "levando a espada e muitas vezes a tocha", a ferro e a fogo. Em seguida, Marlow desmistifica a colonização romana, referência canônica na Inglaterra, caracterizando-a como uma vasta operação de pilhagem: "Eles [os romanos] se apoderavam de tudo o que podiam [...]. Era simples roubo, assalto à mão armada, latrocínio numa escala grandiosa". Noutra parte do manuscrito cortada na versão final, ele usa o paralelo com Roma negativamente, para denunciar a ideologia civilizatória que servia de justificação ao colonialismo britânico oitocentista. Afirmando que os romanos, ao contrário dos ingleses e dos colonizadores modernos, não nutriam pretensões filantrópicas em sua expansão colonial, Marlow completava: "O melhor deles é que eles não fabricavam ficções bonitas a respeito disso".[15] Na novela, Marlow amplia o universo de sua reflexão anticolonialista: "A conquista da terra, que antes de mais nada significa tomá-la dos que têm a pele de outra cor ou o na-

[14] Esse é o fundamento da crítica que sir Conan Doyle, o pai de Sherlock Holmes, faz aos crimes que estavam sendo perpetrados no Congo, no seu livro documentado de denúncias, diferente de suas novelas policiais, *The crime of the Congo* (1909). A *Blackwood's Magazine* era uma revista conservadora, lida por agentes coloniais ingleses e, em geral, por leitores familiarizados com o contexto imperial britânico, William Atkinson, "Bound in *Blackwood's*: the imperialism of *The heart of darkness* in its immediate context", *Twentieth Century Literature*, vol. 50 (4), 2004, pp. 368-93.

[15] Jonah Raskin, "*Heart of darkness*: the manuscript revisions", *The Review of English Studies*, vol. 18 (69), 1967, pp. 30-7.

riz um pouco mais chato que o nosso, nunca é uma coisa bonita quando a examinamos bem de perto". Quanto a Kurtz, Marlow sublinha sua malignidade: "Ele ocupara um alto assento entre os demônios daquela terra — e digo isso literalmente", completando algumas linhas abaixo com a afirmação de que ele é um representante, um produto da Europa inteira: "Toda a Europa contribuíra para a criação de Kurtz".

Também é sabido que Conrad epigramatiza os agentes da propaganda colonialista, e em particular Henry Stanley ("*Dr. Livingstone, I presume?*"). Ao lado de outros escritores, jornalistas e empresários, tal como Cecil Rhodes, que agiam na África Central e Austral, Stanley aparecia como um dos arautos da supremacia ocidental sobre os africanos. Com sua ajuda e o investimento de industriais e banqueiros, o rei Leopoldo II da Bélgica logrou obter na Conferência de Berlim — num dos maiores trambiques diplomáticos de todos os tempos — a posse privada de um enorme território da África Central: o *soi-disant* Estado Livre do Congo.[16]

Em abril de 1890, dias antes de Conrad chegar à capital da Bélgica para assinar seu contrato com a Companhia do Alto Congo, Stanley fora recebido como herói pelo rei Leopoldo II na estação de trem de Bruxelas. Aludindo a Kurtz, Marlow diz: "Às vezes ele exibia uma infantilidade ignóbil. Desejava que reis fossem recebê-lo nas estações de trem quando da sua volta de algum tétrico Lugar Nenhum onde pretendia realizar grandes coisas". Aliás, vários especialistas incluem Stanley na lista de exploradores e traficantes que agiam no Congo e podem ter inspirado o personagem de Kurtz, o qual, entre outras coisas, era também jornalista.[17]

Na mesma perspectiva, em "Um posto avançado do pro-

[16] Leopoldo II manipulou as rivalidades das potências europeias e até o governo americano para obter, na Conferência de Berlim de 1885, a propriedade do território depois denominado Estado Livre do Congo.

[17] No mesmo ano, Stanley publica *In darkest Africa*, sobre a expedição que acabara de terminar na África Central. Conrad certamente tomou conhecimento da Société Anonyme Belge pour le Commerce du Haut-Congo, aonde vai em seguida procurar emprego, lendo os discursos do rei Leopoldo II e os escritos de

gresso" Conrad trata as pretensões civilizadoras de Kayerts e Carlier no Congo com a derrisão flaubertiana. À maneira do *Dicionário de ideias feitas*: "O Diretor-Geral da Grande Companhia Civilizadora (pois sabemos que a civilização sempre sucede o comércio) foi o primeiro a descer".

Ou à maneira de *Bouvard e Pécuchet*:

> Carlier e Kayerts [...] começaram a ter-se em conta mais alta. Carlier disse certa noite, acenando com uma das mãos: "Daqui a cem anos, pode ser que aqui exista uma cidade. Um porto, depósitos, e alojamentos, e — e — salões de bilhar. A civilização, meu rapaz, e a virtude — e tudo o mais. E então, as pessoas vão saber que estes dois sujeitos, Kayerts e Carlier, foram os primeiros homens civilizados a viver neste exato lugar!". Kayerts assentiu com a cabeça: "Sim, é um consolo pensar nisso".

Contudo, em *Coração das trevas* Conrad introduz a narração reflexiva de Marlow para levar a racionalização da violência colonial até suas últimas consequências. Até o delírio exterminatório.[18] Subjacente à peregrinação africana de Kurtz, desenha-se o darwinismo social, que previa o desaparecimento de sociedades não ocidentais diante da expansão europeia.[19] Preceito que Kurtz radicaliza e resume numa exclamação sinistra: "Exterminem todos os brutos!".

Stanley, Mathew Rubbery, "Joseph Conrad's 'Wild story of a journalist'", *English Literary History*, vol. 71, 2004, pp. 751-74.

[18] Num estudo rigoroso, o mais audacioso de todos os que cito, Michael Lackey demonstra como há uma continuidade lógica no relatório de Kurtz sobre a "Supressão dos Costumes Selvagens" que desemboca na conclusão infame: "Exterminem todos os brutos!", Michael Lackey, "The moral conditions for genocide in Joseph Conrad's *Heart of darkness*", *College Literature*, vol. 32 (1), 2005, pp. 20-41.

[19] Brian W. Shaffer, "Rebarbarizing civilization: Conrad's African fiction and Spencerian sociology", PMLA, vol. 108 (1), 1993, pp. 45-58. O grande livro sobre esse tema é o de Sven Lindquist, *Exterminate all the brutes*, Nova York: New Press, 1996.

Antes disso, o contador-chefe antecipara os impulsos homicidas dos agentes coloniais. Primeiro personagem a citar o nome de Kurtz, qualificando-o como "um homem realmente notável", o contador se irrita com a confusão armada por uma caravana de congoleses e exclama: "Quando a pessoa precisa tomar o cuidado de sempre fazer registros corretos, acaba detestando esses selvagens — com um ódio de morte". Em "Um posto avançado do progresso", Conrad atribui a um dos colonos uma frase mais explícita, conquanto menos brutal pelo tom irônico da novela: "[...] Carlier teve um acesso de raiva [...] e começou a falar da necessidade de exterminar todos os negros para que aquele país se tornasse habitável".[20]

Ditas assim, por um personagem colérico (o contador), por outro apresentado como um cretino (Carlier) e por outro ainda que ficou demente (Kurtz), as frases podem parecer um recurso literário. Mas não o são. Movido pelo comércio e pela ideia de progresso, o colonizador arroga-se o direito de perpetrar matanças. O efeito sugestivo da frase do contador é tão sinistro quanto a exclamação de Kurtz: o burocrata colonial que não suporta ser atrapalhado pelos africanos nutre "um ódio de morte" contra eles. Nesse contexto, perto do Congo, na atual Namíbia, então colônia da Alemanha, ocorre em 1904 o massacre do povo hereró perpetrado em nome da civilização pelo exército alemão, primeiro autêntico genocídio do século XX.[21]

Perto de nós, o leitor brasileiro poderá lembrar que o massa-

[20] Carlier e Kayerts são claramente inspirados em *Bouvard e Pécuchet*, de Gustave Flaubert, Yves Hervouet, *The French face of Joseph Conrad*, Nova York, Cambridge University Press, 1990, pp. 19-38. Quanto à influência de Flaubert sobre Conrad, e a superação da ironia flaubertiana operada em *Coração das trevas*, cf. Lawrence Thornton, "Conrad, Flaubert, and Marlow: possession and exorcism", *Comparative Literature*, vol. 34 (2), 1982, pp. 146-56. No artigo citado acima, Michael Lackey observa com pertinência que a passagem de "exterminar todos os negros" para "Exterminem todos os brutos!" acentua a desumanização do africano e dá um sentido ainda mais sinistro às palavras de Kurtz.

[21] Mark Levene, "Why is the twentieth century the century of genocide?", *Journal of World History*, vol. 11 (2), 2000, pp. 305-36.

cre dos "brutos" de Canudos teve lugar em 1897. Poderá considerar ainda que, duas décadas mais tarde, Oliveira Viana define o alcance multissecular do movimento "progressivo, cheio de ambições e de capitais" de extermínio do "íncola inútil" no Brasil.

> Nessa obra de conquista civilizadora da terra, o bugreiro vence o obstáculo material, que é o índio nômade, povoador infecundo da floresta infecunda. Há porém um outro obstáculo jurídico, que é o direito de propriedade [...] É ao grileiro que cabe resolver esta dificuldade. É ele que vai dar ao colonizador progressivo, cheio de ambições e de capitais, o direito de explorar este tesouro infecundo. Para isso cria, pela chicana e pela falsidade, o indispensável título de propriedade. O bandeirante antigo, preador de índios e preador de terras, rude, maciço, inteiriço, brutal, desdobra-se pela própria condição do meio civilizado em que reponta: e faz-se bugreiro insidioso, eliminador do íncola inútil, e grileiro solerte, salteador de latifúndios improdutivos. Exercem ambos, porém, duas funções essenciais à nossa obra de expansão colonizadora: e a ferocidade de um e a amoralidade de outro têm assim, para escusá-las, a magnitude incomparável dos seus objetivos ulteriores.[22]

A exemplo de outros pensadores e políticos do continente americano, como Theodore Roosevelt, Oliveira Viana exprime o pensamento de uma elite nacional que assumia sua tarefa de colonização doméstica e articulava as doutrinas imperialistas europeias às variantes periféricas de dominação territorial.[23] No

[22] F. J. de Oliveira Viana, *Evolução do povo brasileiro*, São Paulo: Ed. Monteiro Lobato, 1923, pp. 99-101. Publicado no ano anterior sob o título *Evolução da raça*, em Ministério da Agricultura, Indústria, e Comércio, Diretoria Geral de Estatística, *Recenseamento do Brasil, realizado em 1º de setembro de 1920*, Rio de Janeiro, 1922, vol. 1.

[23] Theodore Roosevelt, historiador e presidente dos Estados Unidos (1901-9), escreveu entre outras obras *The winning of the West* (4 vols., 1889-96),

século XVII, os bandeirantes haviam sido condenados pelo Conselho Ultramarino. No século XX, eles são transformados em heróis e em nome de rodovias. Inspirado pelas doutrinas imperialistas da Segunda Expansão Europeia, Oliveira Viana vai mais além e reatualiza o processo histórico do país. Reivindicando a hibridação colonial que dera lugar à dominação de classe nacional, inscrevendo a atividade genocida do bugreiro e a delinquência do grileiro na linhagem prestigiosa do bandeirante, no mesmo movimento geral do progresso, Oliveira Viana proclama a contemporaneidade e o caráter universal do lumpencolonialismo brasileiro.

O imperialismo consumado em nome da Civilização e do Progresso — e não mais em nome da Evangelização, como nos Descobrimentos — permitia a sintonia ideológica dos movimentos de expansão capitalista nas periferias africanas e americanas. Permitia que o texto ímpar de Oliveira Viana, inicialmente intitulado *Evolução da raça*, fosse publicado por um órgão do governo federal brasileiro, como introdução oficial dos resultados do Censo Nacional de 1920.

Conrad também vivera na periferia a experiência do imperialismo. Mas de outra perspectiva. Como todo o povo polonês no século XIX, Conrad também era um colonizado. Criado numa família de aristocratas engajados no movimento nacionalista, ele sofrera na carne a opressão russa.[24] Aristocrata desclassificado como colonizado, polonês nascido fora da Polônia, francófilo

sobre a conquista do Oeste. No livro, desenvolveu ideias sobre a inferioridade dos índios muito próximas daquelas defendidas mais tarde por Oliveira Viana. Seria interessante estudar a filiação entre as duas obras, lembrando que Roosevelt encampava as ideias de Frederick Jackson Turner, autor da tese sobre a fronteira americana, de quem era editor e amigo.

[24] Ao longo do século XIX, até 1918, durante quase toda a vida de Conrad, a Polônia não existiu como nação independente, permanecendo subjugada por três potências imperiais, a Áustria, a Prússia e, sobretudo, a Rússia. Józef Teodor Konrad Korzeniowski (seu nome de batismo) nasceu em 1857, perto de Berditchev, na Ucrânia, que também estava submetida à Rússia. Sua família pertencia à minoria étnica polonesa que possuía grandes propriedades rurais e

frustrado no seu projeto de se estabelecer na França, tripulante de navios de outras nações nos mares do mundo, Conrad se fixara em Londres, naturalizando-se inglês. Dominando o idioma da mais dominadora das potências, ele podia refletir sobre as hierarquias do poder político e das identidades numa época de interpretação cientificística das culturas e de reescalonamento das nacionalidades. Podia escrever sobre a afirmação nacional que fundamenta a sujeição de outros povos e sobre a afirmação do ser baseada na desumanização do outro. Podia escrever fundado na subjetividade de sua experiência, mas à sua maneira.

Na citação que encabeça este texto, Conrad afirma que o escritor pode captar os fenômenos sociais com mais pertinência do que o historiador. Antes dos genocídios do século XX, antes da Shoah, a escravidão colonial apresentava-se como a situação mais extrema de violência social. Em *Coração das trevas*, olhando os negros acorrentados e forçados a trabalhar na ferrovia, Marlow resume o processo histórico que fundamentou, durante mais de três séculos, o tráfico negreiro europeu na foz do Congo e alhures na África: "[...] eram chamados de criminosos, e a lei que violaram chegara a eles da mesma forma que aqueles projéteis e explosivos, um mistério insolúvel vindo do mar". De fato, a partida e o sumiço dos navios carregados de gente, o tráfico atlântico e a deportação definitiva para as Américas apresentaram-se para milhões de africanos como "um mistério insolúvel vindo do mar".

A reflexão toma um caráter mais explícito numa passagem de "Um posto avançado do progresso". Trata-se dos parágrafos em que alguns africanos são vendidos a traficantes de escravos em troca de marfim. Ao descobrir a transação, os dois agentes coloniais reagem com indignação: "'A escravidão é uma coisa horrí-

---

encarnava um nacionalismo polonês de fundamento feudal "que tinha algo de irreal", Jean-Jacques Mayoux, "Introduction", em Joseph Conrad, *Au cœur des ténèbres*, Paris: Flammarion, 1980, pp. 9-76; Pamela Demory, "Ambivalence in Joseph Conrad's *A personal record*: the anti-autobiographical autobiography", *Pacific Coast Philology*, vol. 32 (1), 1997, pp. 54-65.

vel', gaguejou Kayerts com a voz trêmula. 'Terrível — tanto sofrimento', grunhiu Carlier com convicção". E Conrad completa:

> Acreditavam no que diziam. Qualquer pessoa demonstra uma deferência respeitosa perante certos sons que ela própria ou os seus semelhantes são capazes de emitir. Quanto aos sentimentos, porém, ninguém na verdade sabe nada. Falamos com indignação ou entusiasmo, falamos de opressão, crueldade, crime, devoção, sacrifício, virtude, e não sabemos o que existe de real por trás das palavras. Ninguém sabe o que significa o sofrimento ou o sacrifício — exceto, talvez, as vítimas da finalidade misteriosa dessas ilusões.

Em *Bouvard e Pécuchet*, de onde saíram, como foi notado, Kayerts e Carlier, também há uma referência à escravidão. Num vilarejo normando debate-se a política do governo republicano que, em 1848, assumira o poder em Paris. "A primeira discussão violenta teve como objeto a Polônia. Heurtaux e Bouvard queriam que ela fosse liberada. M. de Faverges tinha outra opinião. 'Com que direito iríamos para lá? Seria jogar a Europa contra nós. Nada de imprudência!' Como todo mundo aprovou, os dois poloneses se calaram [...] O governo, disse Pécuchet, aboliu a escravidão. 'E que tenho eu a ver com a escravidão!' [...], respondeu Foureau."[25]

Flaubert escreveu essa novela — à qual ele queria dar o subtítulo de "Enciclopédia das besteiras humanas" — para demonstrar a vacuidade de se querer saber tudo sem compreender nada.[26] O escravismo — de que falarei mais adiante — é aqui posto em paralelo com outro drama histórico que Conrad co-

[25] Gustave Flaubert, *Bouvard e Pécuchet*, cap. VI.

[26] Numa carta Flaubert explicou a um amigo: "A obra que eu estou escrevendo poderia ter como subtítulo 'Enciclopédia das besteiras humanas'"; noutra carta, a uma amiga, ele pensou num subtítulo mais explícito: "Da falta de método nas ciências", Gustave Flaubert, *Correspondance*, Paris: Pléiade, Gallimard, 2007, vol. V, pp. 534-5 e 767-8.

nhecia bem de perto: a sujeição da Polônia ao imperialismo russo. E a conclusão da conversa dos franceses no vilarejo normando é taxativa: que se virem os poloneses, que se lixem os escravos! Flaubert abandona os dois poloneses no silêncio da desilusão.

Talvez, o tópico de Flaubert sobre a insensibilidade francesa ante o cativeiro dos poloneses e a escravidão dos negros tenha inspirado, por impregnação literária, a reflexão de Conrad sobre a incapacidade das palavras para transmitir sentimentos profundos e, em particular, a dor causada pela opressão. Kayerts e Carlier não são insensíveis e apiedam-se dos escravos do Congo. Mas Conrad pensa que essa atitude é inconsequente, na medida em que ninguém pode realmente conhecer a dor das vítimas.

Fundamento das missões cristãs e da militância humanista contra a escravidão na África e alhures, a empatia suscitada pelo sofrimento dos outros é assim desautorizada, desqualificada.[27] No horizonte da reflexão de Conrad permanece a solidão das vítimas, entregues à "finalidade misteriosa" das ilusões veiculadas pelas palavras. A distância que Conrad toma da caridade cristã e da filantropia humanista tem a ver com o trágico desmentido que as boas intenções do Ocidente conheciam no Congo Belga.

Desde o século XVIII, o Iluminismo e o engajamento religioso e humanista ocidental desenvolveram, sobretudo na Inglaterra, um poderoso movimento abolicionista. Um dos pontos altos desse movimento foi a abolição do tráfico negreiro para o Brasil em 1850. Na sequência, o abolicionismo e a bandeira da "civilização contra a barbárie" serviram também para legitimar a intervenção militar, a ocupação e a colonização em largos territórios africanos. Na Conferência Geográfica de Bruxelas de 1876, que Leopoldo II organizara para articular a campanha diplomática e financeira que lhe daria a posse do futuro Estado

[27] No artigo citado acima, Michael Lackey analisa como Conrad se distancia do conceito de moralidade que induz à exclusão do outro e à matança dos "brutos".

Livre do Congo, o rei da Bélgica declara: "Abrir à civilização a única parte do globo onde ela ainda não penetrou, transpassar as trevas que envolvem populações inteiras, constitui, ouso dizer, uma cruzada digna deste século de progresso [...]".[28] A propaganda colonialista, divulgada entre outros por Henry Stanley, cantava essa mesma toada, cujos ecos chegavam do outro lado do Atlântico. Porquanto, no Brasil, os áulicos que tentavam emplacar o imperador como líder do movimento abolicionista apresentavam d. Pedro II como um "novo Leopoldo II", que iria eliminar o escravismo no seu maior bastião americano. A exemplo do que o rei dos belgas dizia fazer no coração da África.

Conrad chega ao Congo em 1890, e constata que a filantropia europeia servia de cobertura à mais abjeta sujeição dos africanos. A "cruzada civilizadora" de Leopoldo II gerava uma nova servidão. Antes mesmo da exploração dos nativos se exacerbar com as exportações de borracha, Conrad pressente as consequências profundas do aviltamento moral levado a cabo pelo colonialismo belga.

Como sabem os leitores habituados aos livros de história, a degeneração do colono começa no prelúdio dos Descobrimentos. Falando dos primeiros portugueses degredados nas terras da Guiné (os "lançados"), um missionário denuncia no século XVI: "Andam nus e para mais se acomodarem, e com o natural usarem como os gentios da terra onde tratam, riscam o corpo todo com um ferro [...] e fazendo nele muitos lavores [...] [que] ficam parecendo em várias figuras, como de lagostas, serpentes [...]".[29] Mas Kurtz não se apresenta como um marginal europeu

[28] Markus Roser, "Pouvoirs et missions au Congo entre 1876 et 1908", *Colloque Colonisation-Évangélisation: les relations entre les pouvoirs coloniaux, les pouvoirs locaux et les missions, des Grandes Découvertes à la décolonisation*, Centre Roland Mousnier, Universidade de Paris IV Sorbonne, 13-15 de dezembro de 2007.

[29] J. Tavares de Macedo, "Do que eram os tangomãos de que se fala na ordenação do reino", *Annaes do Conselho Ultramarino*, parte não oficial (1854-8), sér. I, Lisboa, 1867, pp. 313-5.

nos trópicos, como um "lançado" na Guiné ou um Caramuru que enlouqueceu. Kurtz é o civilizador que participa em "ritos inomináveis" com os nativos, o grande homem que iria dirigir a Companhia na Europa, o encarregado do relatório para a Sociedade Internacional para a Supressão dos Costumes Selvagens que acaba propugnando a exterminação dos recalcitrantes.

Considere-se que o testemunho direto de Conrad sobre as atrocidades no Congo era limitado. Ele não viu todos os horrores que Marlow descreve. É o que deixa entender sua correspondência comentada pelos especialistas e seu *Diário do Congo*, que narra sua marcha de mais de trezentos quilômetros entre Matadi e Kinshasa.[30] Resta que seu apoio à campanha contra as violências no Congo foi inequívoco.

Embora não tivesse aderido à Congo Reform Association (CRA), fundada em Londres em 1904 para combater as barbaridades coloniais na África Central, Conrad se colocou do lado de seus militantes. Numa carta para Roger Casement, cônsul britânico em Kinshasa que preparava o relatório mais tarde conhecido como "Casement Report" (1904), peça essencial das acusações contra Leopoldo II, ele escreve: "Um rei rico e inescrupuloso não é um adversário fácil [...] mas o fato é que [...] existe na África um Estado do Congo, criado por um ato das Potências europeias, onde a brutalidade e crueldade sistemática para com os negros é a base da administração [...] Faça o uso que você quiser do que estou lhe escrevendo". De seu lado, Edmond Morel, militante socialista e líder da CRA, falando em 1909 da situação do Congo, afirma que *Co-*

[30] Numa carta datada de 1903 para seu amigo Roger Casement, um dos mais ativos militantes contra Leopoldo II, Conrad escreve: "Durante minha estadia no interior [do Congo], sempre de olhos e ouvidos bem abertos, eu nunca ouvi nada sobre o alegado costume [dos feitores belgas] de cortar as mãos dos nativos, e estou convencido de que esse costume nunca existiu ao longo do curso do rio ao qual se limitou minha experiência", citado por Gene M. Moore na resenha da biografia de Max Saunders sobre Ford Madox Ford, acessível no site <http://www.josephconradsociety.org/conradian_review_moore.htm>.

ração das trevas era "a coisa mais poderosa jamais escrita sobre o assunto". O jornal (conservador) londrino *Morning Post* também comentou a novela sob esse enfoque, e há consenso entre os especialistas em observar que *Coração das trevas* contribuiu para isolar politicamente Leopoldo II.[31] Anos mais tarde, André Gide, que menciona repetidas vezes a novela e tinha Conrad em alta conta, dedica-lhe seu livro *Voyage au Congo* (1927), obra anticolonialista que marca o início de seu engajamento político.[32]

Diante das leituras críticas que pretendem inaugurar uma interpretação anticolonialista de *Coração das trevas* e, mais ainda, diante dos que rejeitam tais leituras, cabe assim lembrar que a novela foi recebida como uma denúncia da exploração colonial no Congo. Mesmo que tenha se revelado para bastante gente e, em particular para os leitores da *Blackwood's*, uma denúncia do colonialismo belga.

Obviamente, Conrad é tributário da cultura vitoriana que o envolvia. Aliás, ao leitor brasileiro são inevitavelmente poupados alguns detalhes de seu vocabulário que parecem desconcertantes e, no entanto, não eram percebidos assim. Por exemplo, o uso da palavra *nigger*, tornada pejorativa em inglês mas correntemente usada até os anos 1940, eriça e desorienta a maioria dos leitores anglófonos de *Coração das trevas* nos dias de hoje.[33] Resta que as nuances da novela de Conrad estão longe de se limitar ao anacronismo de certas palavras.

[31] Cedric Watts, "Introduction", em Joseph Conrad, *Heart of darkness and other tales*, Londres: Oxford University Press, Oxford World's Classics, 2002, pp. XXIV e XXV.

[32] Gide, amigo e correspondente de Conrad, viajou no então chamado Congo Francês, formado pelo atual Gabão e pelo atual Congo-Brazzaville, cf. Frederick R. Karl, "Conrad and Gide: a relationship and a correspondence", *Comparative Literature*, vol. 29 (2), 1977, pp. 148-77.

[33] Mark Twain, militante anti-imperialista e autor de um panfleto cortante contra Leopoldo II, também emprega a palavra *nigger*; Hunt Hawkins, "Mark Twain's involvement with the Congo Reform Movement: 'A fury of generous indignation'", *The New England Quarterly*, vol. 51 (2), 1978, pp. 147-75.

* * *

Coração das trevas é, como se viu, uma história na história, em que um narrador implícito, anônimo, introduz Marlow, o narrador principal.[34] Porém, a maneira como o narrador anônimo passa a palavra ao narrador principal, ainda a bordo da *Nellie* no Tâmisa, anuncia a indeterminação que marca a história de Marlow: "[...] para ele o significado de um episódio não residia no seu miolo, como um caroço, mas do lado de fora, envolvendo a narrativa [...]".

Como observa John Batchelor, a frase sugere que Marlow pode ter se equivocado sobre as coisas que viu e ouviu no Congo. Parágrafos adiante, o narrador anônimo dá outro recado: "[...] soubemos estar predestinados a, antes que começasse o fluxo da vazante, ouvir o relato de uma das experiências inconclusivas de Marlow". Estamos prevenidos: Marlow conta histórias cujo sentido é contingente. Mais para a frente, Marlow, interrompido pelo narrador anônimo, fala da dificuldade de exprimir os dramas humanos: "'[...] é impossível transmitir a sensação vivida de qualquer momento dado da nossa existência — aquilo que constitui a sua verdade, o seu sentido — a sua essência sutil e penetrante. É impossível [...]'. Fez uma nova pausa, como se refletisse, e então acrescentou: 'Claro que nisso vocês podem ver mais do que eu via na ocasião. Veem a mim, a quem vocês conhecem...'". Outra vez, o narrador indica que Marlow é um observador impreciso.[35] Desta sorte, abre-se a via para múltiplas

[34] As análises sobre *Coração das trevas* que me pareceram mais pertinentes fazem uma distinção entre Conrad e Marlow. Ao contrário, os artigos que achei inconvincentes foram escritos por críticos que não perceberam a diferença entre o ponto de vista de Marlow e o ponto de vista de Conrad, expresso não só pelo narrador implícito, mas pela multiplicidade de vozes presentes na novela, como observou Edward Said, Edward W. Said, "Conrad: the presentation of narrative", *NOVEL: A Forum on Fiction*, vol. 7 (2), 1974, pp. 116-30.

[35] John Batchelor, "*Heart of darkness*, source of light", *The Review of English Studies*, vol. 43 (170), 1992, pp. 227-42; idem, "Reviewed works: Conrad revisited: essays for the eighties by Ross C. Murfin", *The Review of English Studies*,

leituras da novela, à margem da interpretação que Marlow dá à sua história.

Na mesma ordem de ideias, a geografia e o contexto político da história se definem de maneira oblíqua. Depois de deixar o porto europeu, o vapor de Marlow tarda a enunciar o seu rumo. A alusão ao Congo Belga repousa na indicação da cor amarela no mapa da África, a qual, no contexto da cartografia da época, costumava marcar a colônia de Leopoldo II, junto aos territórios de outras cores pertencentes às demais metrópoles europeias: "A minha meta era o amarelo. Bem no centro". Ao contrário do que tem sido escrito, os mapas do período nem sempre reproduziam esse ordenamento colorido. Penso que o nexo entre a cor amarela e o Congo Belga pode não ter sido tão evidente quanto se pretende. Do mesmo modo, a menção ao rio Congo, repetida mais adiante, "um rio em especial, grande e caudaloso, que se podia ver no mapa, lembrando uma imensa serpente desenrolada, com a cabeça no mar", poderia se aplicar também ao Níger ou ao Zambeze.

Nenhum africano tem nome, e a novela só nomeia três europeus, Marlow, Kurtz e o capitão dinamarquês Fresleven.[36] Conrad não escreve as palavras *Bruxelas*, *Bélgica* ou *belga*, *África* ou *africano*, *Congo*, *Leopoldville*, e muito menos o nome do rei Leopoldo II.

Outros lugares e outras pessoas são mencionados de forma tangente. A noiva de Kurtz não tem nome, é a "Prometida". Um dos agentes é o "fabricante de tijolos" (mas não os fabri-

---

vol. 37 (148), 1986, pp. 592-3. Crítico britânico que leciona na Newcastle University, J. Batchelor é autor de, entre outras obras, *The life of Joseph Conrad: a critical biography*, Londres: Blackwell, 1996. Apoiei-me nos seus pontos de vista, expressos ainda em várias resenhas sobre obras relativas a Conrad.

[36] Os especialistas assinalam que essa é uma das passagens da novela que coincidem diretamente com a viagem de Conrad ao Congo. Em 1890, ele é contratado pela Société Anonyme Belge pour le Commerce du Haut-Congo (a "Companhia") para substituir o capitão dinamarquês Freiesleben, morto pelos congoleses.

ca), o russo é o "arlequim", os colonos do vapor são os "peregrinos" (porque andam sempre com um cajado), os tripulantes africanos são os "canibais" (mesmo se estivessem persuadidos de que a África era povoada de canibais, muitos leitores da época duvidariam que estes se empregassem como taifeiros nos barcos europeus). O grupo de colonos que acompanha Marlow se atribui o nome ridículo de "Expedição de Exploração do Eldorado", e seu chefe guardava "a aparência de um açougueiro de bairro pobre".

Desde a chegada a Bruxelas, a "cidade sepulcral", predomina um clima carregado. Os olhares da "velha tricoteira" na sede da Companhia inspiram "mau presságio". As fórmulas e o estilo das narrativas de jornadas aventurosas, próprias da literatura de viagens da época, são neutralizadas, afastadas. Marlow assinala os mares tropicais e os portos africanos com um misto de sarcasmo e ansiedade: "Todo dia o litoral tinha a mesma aparência, como se não tivéssemos avançado nada; mas fomos deixando para trás vários lugares — lugares de comércio — com nomes como Gran' Bassam e Little Popo, nomes que pareciam tirados de alguma farsa sórdida encenada à frente de um sinistro pano preto". Antes de o navio ancorar no seu porto de destino, o tom é reiterado: "Aquela viagem parecia uma peregrinação exausta em meio a muitas sugestões de pesadelo". As descrições da floresta tropical e do grande rio são lúgubres. Nesses matos não tem passarinho, não tem borboleta, o grande rio não espelha os raios do sol. "Um curso de água intacto, um grande silêncio, uma floresta impenetrável. O ar era quente, denso, pesado, inerte. Não havia alegria alguma no brilho da luz do sol. Os longos trechos de rio se estendiam, desertos, até a escuridão das distâncias envoltas em sombras." Não se vislumbram descobertas mirabolantes, Marlow vai ao encontro de um pesadelo.

Ficou dito acima que Conrad cortou do manuscrito um parágrafo onde havia uma menção ao Império Romano exprobatória para o imperialismo britânico, e outro trecho que continha um ataque direto à administração belga no Congo. Ou seja,

Conrad deixou umas pistas e apagou outras mais precisas, construindo uma narrativa que faz a atualidade colonial reverberar numa meditação mais ampla sobre a opressão gerada pela ideia de progresso. Considerada a criação literária fundadora do modernismo, a obliquidade da narrativa de Conrad tem sido estudada pelos grandes críticos e escritores.

No seu ensaio sobre Conrad, Antonio Candido observa que *Coração das trevas* é o "avesso de reportagem, sendo sugestão em toda a sua força".[37] Sugestão que a narrativa estende e prolonga, num processo literário que o crítico americano Ian Watt, autor de um importante livro sobre Conrad, denominou *delayed decoding* — "decodificação diferida".[38] Marlow conta uma história vivida, mas a novela cria um suspense em que a tomada de consciência, o encadeamento das ideias, dos fatos e das explicações, ocorre *a posteriori*, depois de a cena terminar, depois de lida a novela, depois de o livro ter sido fechado.

Uma das ressonâncias temáticas da novela é a "escolha de pesadelos", tal como ela se apresenta para Marlow. De um lado, há a exploração e a violência organizada da Companhia. De outro lado aparece a demência de Kurtz, e seu "método inadequado" gerado pela sua falta de comedimento na exploração dos nativos.

A respeito das cabeças cortadas e empaladas ao lado da cabana de Kurtz, Marlow pondera que isso mostrava "que o sr. Kurtz não conseguira se conter na gratificação das suas várias paixões [...]. Se ele próprio sabia dessa deficiência, não sei dizer. Acho que finalmente deu-se conta — só muito perto do fim. Mas a selva a descobrira desde cedo, e exercera contra ele uma vingança terrível pela invasão absurda". Kurtz tinha um problema e acabou mal: ele não sabia conter-se, e a selva fez o resto.

[37] O estudo concerne mais precisamente a *Lord Jim* e *The secret sharer*, Antonio Candido, "Catástrofe e sobrevivência", em *Tese e antítese*, 3ª ed., São Paulo: Companhia Editora Nacional, 1978, p. 60.

[38] Ian Watt, *Conrad in the nineteenth century*, Los Angeles: University of California Press, 1981, pp. 126-253. Graças a Roberto Schwarz, tomei conhecimento desse livro e das leituras mais aprofundadas de *Coração das trevas*.

Restraint, "comedimento", "comedir-se", "conter-se", o substantivo e o verbo atravessam a novela, e aparecem como a contrapartida civil e oitocentista da virtude moral e cristã que os missionários setecentistas pregavam no Brasil e no Congo: a temperança. Virtude que o homem deve conservar em toda circunstância "de si para consigo", como escrevia o padre Antônio Vieira.[39] O *restraint* conradiano configura um autodomínio que reside na própria consciência individual e independe das regras sociais ou da moral coletiva.

Não obstante, o sistema colonial incorpora a violência extrema e subsume o abominável. Não pode existir comedimento, *restraint*, em tal contexto. Logo no início, quando ainda falava da Antiguidade, da chegada dos romanos à região de Londres, Marlow descreve a maneira como a relação de dominação, o choque cultural e o meio ambiente da colônia fazem nascer o apelo à violência inaudita, inédita nas metrópoles, fazem nascer o "fascínio da abominação". "A selvageria mais extrema se fechara à sua volta — toda aquela vida misteriosa e desconhecida que pulsa nas matas, nas florestas, no coração dos homens selvagens. [...] Ele precisa viver no meio do incompreensível, que também é detestável. E tudo isso ainda tem um fascínio, que começa a atuar sobre ele. O fascínio da abominação [...]."

A "escolha de pesadelos" retrata um impasse que só se resolve com uma ruptura radical. Não há transformação possível no estatuto colonial. Impasse análogo ocorreu no Brasil quando vigorava no país o colonialismo interno, isto é, a escravidão. Desta sorte, outra "escolha de pesadelos" foi descrita por Joaquim Manuel de Macedo em três novelas reunidas sob o título *As vítimas-algozes* (1869). Para ele, a escravidão criava um impasse sem saída: "Contra esse imenso mal procurai um recurso e acreditareis ter achado dois em extremos opostos. Um: vencer a maldade dos escravos [...] pela caridade e beneficência perseverantes: engano; o ressentimento lógico e natural da escravidão

[39] *Sermão da sexta sexta-feira da Quaresma pregado na Capela Real*, 1662.

faz cedo ou tarde d[os] protegid[os], ingrat[os] [...]. Outro: a severidade [...] até mesmo cruel, para desanimar o atrevimento e conter a audácia: novo engano, e pior que o outro: a compressão provoca a reação, [...] a vingança feroz [...]".[40]

Outra situação histórica extrema, mais próxima no tempo e diretamente correlacionada com a novela de Conrad é, como se sabe, a Guerra do Vietnã encenada por Francis Ford Coppola. Confirmando o preceito de que a realidade vai além da ficção, vale lembrar a declaração exterminatória de um oficial americano, afiliada ao pensamento de Carlier e de Kurtz, a qual escapou aos roteiristas do filme. De fato, em 1968, após um ataque devastador do exército americano à cidade de Ben Tre, situada no delta do Mekong e ocupada por tropas norte-vietnamitas, um major americano declarou: "Foi preciso destruir a cidade para salvá-la".[41]

Anterior à saturação de imagens digitalizadas e de efeitos sonoros dos filmes recentes, *Apocalypse now* já parece uma coisa do passado. No entanto, o filme tem muitos méritos, e o principal deles consiste em retomar e atualizar questões subjacentes à novela de Conrad.

No final do filme, Kurtz (Brando), contando a Marlow-Willard[42] as atrocidades cometidas pelo Vietcongue, elogia a frieza e a eficácia de seus inimigos, e completa: "A gente deve ter homens que tenham moralidade... e que sejam capazes de utilizar ao mesmo tempo seu instinto primordial para matar sem senti-

[40] Comentei mais em detalhe o paralelo entre *Coração das trevas* e *As vítimas-algozes* em "O ocaso dos bacharéis", *Novos Estudos Cebrap*, São Paulo, nº 50, 1998, pp. 55-60.

[41] A frase foi registrada e tornada célebre pelo jornalista Peter Arnett, então trabalhando na Associated Press, cf. James Pringle, "Meanwhile: the quiet town where the Vietnam War began", *International Herald Tribune*, 23 de março de 2004, acessível no site <http://www.iht.com/articles/2004/03/23/edpringle_ed3__1.php>.

[42] No filme, o personagem que corresponde a Marlow é o capitão Willard, representado pelo ator Martin Sheen. O crítico californiano Patrick Galloway faz uma análise pertinente das diferenças e analogias que existem entre a novela de Conrad e o filme de Coppola, num texto acessível neste site <http://www.cyberpat.com/essays/coppola.html>.

mento... sem paixão... sem reflexão... sem reflexão. Porque é a reflexão que nos derrota". A frase salienta a questão de fundo implícita em *Apocalypse now*: em que circunstâncias as democracias ocidentais podem levar a cabo as guerras coloniais? Exposta por Conrad, estudada por Hannah Arendt, a questão continua na atualidade.

Quando Coppola fez seu filme, o governo americano, por causa das dificuldades do recrutamento de tropas para o Vietnã, já dera uma primeira resposta ao problema em 1973, abolindo o serviço militar obrigatório. Muitos países europeus seguiram a mesma evolução. Desde então, as guerras ocidentais têm sido feitas por tropas compostas de voluntários, por especialistas manejando uma tecnologia bélica de ponta que reduz suas perdas ao mínimo e se apoia em numerosas tropas "nativas", aliadas locais. Todavia, o prolongamento da Guerra do Iraque trouxe novos problemas: a insuficiência numérica das tropas americanas, a desmotivação dos oficiais e as dificuldades para atrair recrutas. Por isso, o governo americano — renovando uma prática usada na África pelos colonialistas europeus e o regime do *apartheid* sul-africano — tem feito apelo a companhias de mercenários, do tipo da firma Blackwater, num esforço para terceirizar ainda mais a guerra no Iraque.

Rememorando, anos depois, a elaboração de *Coração das trevas*, Conrad escreveu: "Este tema sombrio tinha de ser tratado com uma sinistra ressonância, uma tonalidade própria, uma vibração contínua que, eu esperava, soaria no ar e permaneceria no ouvido depois que a última nota tivesse sido tocada".[43] Mais de cem anos após sua publicação, a novela ainda nos interpela como leitores e como cidadãos do mundo.

[43] Joseph Conrad, *Notes on my books*, Nova York: Doubleday, 1921, e acessível no site <http://www.gutenberg.org/files/20150/20150-h/20150-h.htm#YOUTH>.

JÓZEF TEODOR KONRAD KORZENIOWSKI nasceu em 1857, em Berditchev, Polônia (hoje Ucrânia), numa família de patriotas empenhados em libertar seu país do domínio russo. Exilado com a família na Rússia, teve o primeiro contato com a língua inglesa através do pai, tradutor de Shakespeare e outros autores de renome. Ficou órfão aos onze anos, passando a ser educado por um tio materno na Cracóvia. Em 1874 ingressou na Escola de Marinha de Marselha, inaugurando uma relação de amor com o mar que haveria de marcar toda a sua vida. Em 1878 mudou-se para a Inglaterra, onde seguiu carreira na marinha, e em 1884 ganhou a cidadania britânica, com o nome de Joseph Conrad. Entre outros países, esteve no Congo e nas ilhas da Malásia, viagens que serviram de inspiração para muitos de seus romances. Abandonou a carreira na marinha em 1893, por febres contraídas na América do Sul e no Extremo Oriente. Logo depois, aos 38 anos, publicou o primeiro livro, *A loucura do Almayer*, no qual descreve os europeus fracassados e perdidos que encontrou nas ilhas do Pacífico. A essa seguiram-se doze obras de caráter realista e romântico e 28 narrativas breves. Entre as mais importantes estão *Lord Jim* (1900), *Coração das trevas* (1902), *Nostromo* (1904), *O agente secreto* (1907), *Sob os olhos ocidentais* (1911) e *A linha de sombra* (1917). Joseph Conrad morreu em 1924, na Inglaterra.

Luiz Felipe de Alencastro, nascido em 1946, em Itajaí, Santa Catarina, formou-se em história e ciências políticas na Universidade de Aix-en-Provence (França) e doutorou-se em história na Universidade de Paris-Nanterre. Ensinou nas universidades de Rouen e Paris-Vincennes. Foi professor do Instituto de Economia da Universidade Estadual de Campinas (Unicamp) e pesquisador do Centro Brasileiro de Análise e Planejamento (Cebrap). Atualmente é professor titular da cátedra de História do Brasil da Universidade de Paris-Sorbonne. Organizador do volume 2, *Império — A corte e a modernidade nacional*, da *História da vida privada no Brasil* (dirigida por Fernando Novaes), é autor de *O trato dos viventes — Formação do Brasil no Atlântico Sul*, ambos publicados pela Companhia das Letras. Em 2001, *O trato dos viventes* recebeu o Prêmio Senador José Ermírio de Moraes, da Academia Brasileira de Letras.

1ª edição Companhia de Bolso [2008] 9 reimpressões

Esta obra foi composta pela Verba Editorial em Janson Text
e impressa pela Gráfica Bartira em ofsete sobre papel Pólen Natural
da Suzano S.A. para a Editora Schwarcz em junho de 2024

FSC
www.fsc.org
MISTO
Papel | Apoiando o manejo florestal responsável
FSC® C105484

A marca FSC® é a garantia de que a madeira utilizada na fabricação do papel deste livro provém de florestas que foram gerenciadas de maneira ambientalmente correta, socialmente justa e economicamente viável, além de outras fontes de origem controlada.